Heike Lischewski / Stefanie Berg

Bananensplit

Kriminalroman

grafit

Die Autorinnen

Heike Lischewski wurde vor 35 Jahren in Düsseldorf geboren. Trotz fundierter Ausbildung (Kochen, Nähen, Hausmusik, Französisch) ist sie unverheiratet, außerdem kinder- und katzenlos. Nach dem Studium der Germanistik, Politik und Soziologie hat sie ein frauenhistorisches Sachbuch (*Morgenröte einer besseren Zeit*, Münster 1995) veröffentlicht. Zur Zeit lebt und arbeitet sie als Journalistin in Berlin.

Stefanie Berg, 38 Jahre, studierte in Münster Publizistik, katholoische Theologie und Politikwissenschaften. Nach diversen Stationen des Arbeitslebens gründete sie 1991 mit Freundinnen die PR-Agentur ›Conosco‹ in Düsseldorf. Die gebürtige Westfälin lebt heute mit ihrem geschiedenen Mann in »eheähnlicher Gemeinschaft« und hat zwei Töchter im Alter von neun und sechs Jahren.

GrafiTäter & GrafiTote

Ard u.a.: Der Mörder kennt die Satzung nicht - Der Mörder würgt den Motor ab - Der Mörder bittet zum Diktat - Der Mörder kommt auf sanften Pfoten - Der Mörder kommt auf Krankenschein - Der Mörder bricht den Wanderstab - Der Mörder packt die Rute aus - Der Mörder schwänzt den Unterricht - Der Mörder zieht die Turnschuh an - Der Mörder bläst die Kerzen aus - Der Mörder ist immer der Gärtner • Die Meute von Hörde • *Leo P. Ard/Michael Illner:* Flotter Dreier - Gemischtes Doppel • *Leo P. Ard/ Reinhard Junge:* Der Witwenschüttler - Meine Niere, deine Niere - Die Waffen des Ekels - Das Ekel schlägt zurück - Bonner Roulette • *Dorothee Becker:* Mord verjährt nicht - Der rankende Tod • *Jacques Berndorf:* Eifel-Rallye - Eifel-Feuer - Eifel-Schnee - Eifel-Filz - Eifel-Gold - Eifel-Blues • *Horst Bieber:* Kaiserhof • *Horst Eckert:* Aufgeputscht - Bittere Delikatessen - Annas Erbe • *Christoph Güsken:* Schaumschlägers Ende - Bis dann, Schnüffler • *Harald Irnberger:* Ein Krokodil namens Wanda - Das Schweigen der Kurschatten - Geil - Stimmbruch - Richtfest • *Andreas Izquierdo:* Jede Menge Seife - Das Doppeldings - Der Saumord • *Annette Jäckel:* Talk • *Reinhard Junge/Leo P. Ard:* Das Ekel von Datteln • *Reinhard Junge:* Totes Kreuz - Klassenfahrt • *Jürgen Kehrer:* Das Schapdetten-Virus - Das Kappenstein-Projekt - Bären und Bullen - Spinozas Rache - Schuß und Gegenschuß - Wilsberg und die Wiedertäufer - Kein Fall für Wilsberg - Killer nach Leipzig - Gottesgemüse - In alter Freundschaft - Und die Toten läßt man ruhen • *Agnes Kottmann:* Tote streiken nicht • *Leenders/Bay/Leenders:* Clara! - Feine Milde - Jenseits von Uedem - Belsazars Ende - Königsschießen • *Fabian Lenk:* Schlaf, Kindlein, schlaf - Brandaktuell • *Hartwig Liedtke:* Scharfe Schnitte - Tod auf Rezept - Klinisch tot • *Heike Lischewski/Stefanie Berg:* Bananensplit • *Reiner Nikula:* Tödliches Schach - Ein Stückchen Hirn • *Theo Pointner:* Einer nach dem andern - Scheinheilige Samariter - Tore, Punkte, Doppelmord • *Werner Schmitz:* Mord in Echt - Nahtlos braun - Dienst nach Vorschuß - Auf Teufel komm raus • *Gabriella Wollenhaupt:* Grappa und die fantastischen Fünf - Killt Grappa! - Grappa und der Wolf - Grappa fängt Feuer - Grappa dreht durch - Grappa macht Theater - Grappas Treibjagd - Grappas Versuchung

grafit

az_krim1/0697.cdr5

Chemnitzer Str. 31, D-44139 Dortmund
Internet http://www.grafit.de
e-mail grafit@knipp.de

Umschlagfoto: Thomas Range
Druck und Bindearbeiten: Fuldaer Verlagsanstalt
ISBN 3-89425-206-5
1. 2. 3. 4. 5./99 98 97

Danksagung

Unser besonderer Dank gilt Heinz Landwehr für die wichtigen Hinweise zum allerersten Entwurf, Mario Brandao e Silva für den Titelvorschlag und Martin Berg für seine beeindruckenden Beobachtungen aus dem Gefängnis.

Außerdem möchten wir unsere LeserInnen darauf hinweisen, daß ohne die Arbeit von Selbsthilfegruppen wie *Zartbitter* und *Wildwasser* unser Buch nicht hätte entstehen können.

Für die fünf tollsten Frauen zwischen Münster, Düsseldorf und Berlin: Erny, Evelyn, Heidi, Heike und Helga.
Und für meine Eltern, die mich immer haben machen lassen.

s. b.

Für Antje, die mich lachend auf den richtigen Weg brachte.

h. l.

Prolog

Sie wollte ein Loch graben, im Sand am Meer.

Der Himmel wurde schon rot, als sie mit ihren Händen die trockenen, feinen Körner beiseite schob und langsam in die feuchteren Schichten vordrang. Sie brauchte ein großes Loch, mindestens einen Meter neunzig lang und einen Meter breit. Und tief, sehr tief.

Sie spürte den Sand unter ihren Fingernägeln, seine rauhe Nässe trocknete ihre Haut aus. Sie grub und grub, um endlich all das loszuwerden, was sie so quälte.

Sie würde alles beerdigen: die Schmerzen, den Haß, die Verachtung, die Zerstörung, die Einsamkeit. Den Mann, der das verursacht hatte, legte sie auch dazu, damit alles schön beisammen war. Den Löffel von dem Eis, mit dem er sie belohnt hatte, bohrte sie tief in sein Herz.

Mit ihren Händen schaufelte sie den nassen Sand wieder zurück, bis nichts mehr zu sehen war außer ein Stück Edelstahl. Später würde jemand darüber stolpern und den Eislöffel verärgert herausziehen. Er würde sagen: »Die Leute lassen aber auch jeden Dreck liegen«, und ihn angewidert ins Meer werfen.

Ansonsten würde nichts übrigbleiben.

1.

Versuchte Vergewaltigung einer Jugendlichen

Ahlen, 3.9. Zu einer Schlägerei kam es am Freitagabend in der Wohnung von Helene S., Besitzerin der Gaststätte »Zur Quelle« in Ahlen. Helene S. ertappte ihren Lebensgefährten Wilhelm S., als er versuchte, ihre 14jährige Tochter zu vergewaltigen. Als sie den 59jährigen daraufhin aufforderte, ihre Wohnung sofort zu verlassen, wurde dieser handgreiflich. Alarmiert durch den Lärm kamen Stammgäste der unter der Wohnung liegenden Gaststätte der Wirtin zu Hilfe. Mit vereinter Kraft warfen sie Wilhelm S. auf die Straße. Eine Polizeistreife, die zufällig vorbeifuhr, konnte die aufgebrachten Gäste, die den mutmaßlichen ›Kinderschänder‹ weiter attackierten, wieder be ruhigen. Unklar ist noch, ob Helene S. Strafanzeige wegen sexueller Nötigung stellt.

Als sie beim Frühstück die Seiten überflog, hätte Marie beinahe die Meldung in der *Westfälischen Zeitung* übersehen. Denn an Klatsch und Tratsch und durchgedrehten Typen hatte sie eigentlich kein Interesse. Eher suchte sie nach Meldungen über die Aktivitäten der örtlichen Friedensgruppen, des Frauenbüros oder des Immobilienheinis, der vor ihrem Wohnzimmerfenster eine mehrstöckige Tiefgarage bauen wollte. Polizeiberichte las Marie eigentlich nie, aber nun saugten sich ihre Augen förmlich an dem Namen des Mannes fest. Noch bevor sie den Artikel ganz durchgelesen hatte, schlug ihr Herz eine Frequenz schneller als gewöhnlich.

Sie goß sich noch eine Tasse Tee ein, und als sie den Zucker verrührte, summte es in ihrem Kopf: »Wilhelm S. – sexuelle Nötigung – Wilhelm S.«

S. konnte natürlich Schmidt heißen oder Södermann oder Sudel oder Scheibenkleister, aber Marie spürte, daß dem nicht so war.

»S. wie Schraube – her mit den Muttern!« war einer seiner Lieblingssprüche gewesen. Hahaha! Sie fuhr sich mit der Hand durch die kurzen, dunklen Haare und schob ihre Brille über den Haaransatz. Sie merkte, daß sie fröstelte, und wickelte sich fester in ihren Bademantel. Sie stand auf und war mit vier Schritten am Fenster, das den Blick auf das Blätterdach einer Birke freigab. Der Baum nahm einen Teil des Lichts weg, aber dafür wirkte die Küche im Sommer wie ein Teil eines Baumhauses. Es regnete, und das Laub, das Marie ohne ihre Brille im einzelnen nicht erkennen konnte, wurde langsam gelb.

Marie drehte sich wieder um, nahm aber die Einrichtung ihrer Küche ebenfalls nur undeutlich wahr. Sie hatte sich während ihrer Studienzeit durch Sperrmüll-Spaziergänge, mehrere Erbschaften von ehemaligen MitbewohnerInnen und einige, sparsame Einkäufe langsam komplettiert. Das Ergebnis war ein buntes, aber gemütliches Gemisch von Möbeln und Elektrogeräten aus fünf Jahrzehnten.

Er lebte also noch. Lebte zusammen mit einer »Lebensgefährtin« und ihrer heranwachsenden Tochter, und diesmal hatte es ihn erwischt. Oder auch nicht. Wilhelm S. – das wollte, das mußte Marie genauer wissen. Ob er ungeschoren davonkam? Würde es eine Anzeige geben? Ermittlungen? Eine Gerichtsverhandlung? Eine Verurteilung?

Sie war jetzt ziemlich aufgeregt und entsorgte das angebissene Knäckebrot angewidert in dem Mülleimer; das Frühstück war gelaufen. Hatte der denn tatsächlich geheiratet? Wilhelm S., Helene S.; aber warum stand dann da ›Lebensgefährte‹ – ein Zufall? Ob sie vor der Arbeit noch eben herausbekommen konnte, wie Herr S. nachnamentlich zu vervollständigen war? Aber wie? Marie fühlte sich nicht zur Detektivin berufen, und ob die Lokalredaktion den kompletten Namen überhaupt kannte?

Edith mußte ran. Erstens gehörte Informationsbeschaffung zu ihrem Beruf, und zweitens brannte Marie darauf, ihrer Freundin von der Meldung zu erzählen.

Immer noch im Bademantel, ging sie mit der Brille in

der Hand zur Telefonschnur, an deren Ende im Arbeitszimmer sie auch den Apparat fand.

Sie liebte diesen Raum. Vor dem großen Fenster stand ein riesiger Schreibtisch aus massivem Holz, den ihr eine Studienkollegin vermacht hatte, die in die USA ausgewandert war. Er hatte Marie durch die harte Zeit ihres Examens begleitet und gemeinsam mit ihr mehr als eine Phase durchgestanden, in der sie die Brocken am liebsten hingeschmissen hätte. Dann hatte sie an seiner Platte so um die achtzig Bewerbungsschreiben entworfen, und die in der Regel folgenden niederschmetternden Reaktionen – »... hoffen wir, daß Sie bald eine Ihrer hervorragenden Qualifikation angemessene Arbeitsstelle finden werden ...« – hatte er weitaus gelassener hingenommen als Marie. Auch seinen Konkurrenten, einen modernen Computertisch mit einem elektronischen Ensemble, ohne das Marie nicht mehr arbeiten konnte, hatte er mit stoischer Ruhe akzeptiert. Der orangerote Teppich stand in einem klaren Kontrast zu dem dunklen Holz des Schreibtischs und der Regale, in denen sich Bücher über Bücher tummelten. Ein Sammelsurium von handgeschriebenen Zetteln, ausgerissenen Zeitungsartikeln und ausgedruckten PC-Seiten an der Wand rechts und links vom Computertisch zeugte von Maries wissenschaftlichen und kreativen Tätigkeiten, denen sie sich manchmal tagelang ohne größere Kontakte zur Außenwelt widmen konnte. Auf der Fensterbank stand der kleine Koffer, der eine ihrer ältesten Gefährtinnen enthielt: die Querflöte. Mit einem wohlwollenden Blick streifte Marie die prachtvolle Phoenixpalme, bevor sie sich in dem knirschenden Rattansessel niederließ und Ediths Nummer wählte.

»Edith? Hallo, Edith, hier ist Marie. Hör mal ...«

»Hallohallohallo?« dröhnte ihr die Stimme eines Vierjährigen entgegen. »Wer's 'n da?«

Dem Krach nach zu urteilen, der aus der Muschel drang, war der Kindergarten geschlossen und die Tagesmutter geflohen. In solchen Momenten wußte Marie die wunderbare Ruhe ihres Singledaseins sehr zu schätzen.

»Hallo, Benni? Hier ist Marie. M-A-R-I-E. Kannst du mal ...«

»Hallo, Marie«, krähte er begeistert. Und sprudelte über beim Erzählen von dem neuen Auto und den anderen schönen Sachen, die er heute mit in den Kindergarten nehmen würde, und vom Ausflug in den Zoo und den Tieren, die er mit eigenen Händen gefüttert hatte und und und.

Als er tatsächlich einmal kurz Luft holen mußte, nutzte Marie ihre Chance: »Kannst du mir mal die Edith ans Telefon holen, Ben?«

»Die wickelt doch gerade das Baby«, war die unbefriedigende Antwort.

Bevor der Kurze wieder losplappern konnte, bat Marie ihn, der Mama doch zu sagen, daß sie, Marie, angerufen habe und es nachher noch einmal probieren würde. Obwohl sie wußte, daß diese Nachricht niemals in dieser Form ihre Adressatin erreichen würde.

Marie holte sich ihre Tasse Tee ins Arbeitszimmer und setzte sich an ihren Schreibtisch. Nachdenklich nahm sie ihr Tagebuch aus der mittleren Schublade und ließ ihren Gedanken freien Lauf.

Das Mädchen weinte kaum hörbar. Sie versuchte, sich zu bewegen, um die schmerzenden Gliedmaßen in eine bequemere Stellung zu bringen, aber es war einfach zu eng auf der Liege. Kein Wunder. Schlimm genug, die schmale Pritsche mit der Mutter teilen zu müssen, aber jetzt war auch noch dieser Mann da. Wieso eigentlich?

Nachdem es ihr wiederum nicht gelang, ihren Körper zu drehen, versuchte sie vorsichtig, zwischen sich und der Heizung etwas Abstand zu schaffen, und spitzte dabei die Ohren. Ach so, sie knutschten und flüsterten. Das Bett kam dabei ziemlich in Bewegung.

Das Mädchen weinte wieder, diesmal noch leiser als beim ersten Mal. Was machten die beiden da? Es war eng, es war heiß, es war laut, und sie wollte endlich wieder schlafen. Konnten sie denn keine Rücksicht nehmen? Und was wollte ihre Mutter überhaupt mit diesem Kerl? Sie weinte sich wieder in den Schlaf.

Der nächste Morgen war hell und freundlich, und nichts deutete auf den nächtlichen Spuk. Wahrscheinlich hatte sie bloß geträumt.

»Meine Güte, Kinder, nun räumt doch mal ein bißchen auf.« Die Mutter rannte wie ein wildgewordenes Huhn durch die Dreieinhalb-Zimmer-Wohnung, um in der Eßecke den Tisch zu decken.

»Was soll denn der Onkel denken, wenn er gleich kommt! Ihr freut euch doch auch, daß er kommt, oder etwa nicht? Jetzt macht doch endlich mal die Musik leiser«, schimpfte sie und verschwand wieder in der Küche.

Ob sie sich freuten? Der Junge zog die Augenbrauen hoch und sah seine Schwester an, die ihrerseits mit den Schultern zuckte. Freude? Pah! Wenn der Onkel kam, gab's Hektik, Abendbrot und eine undefinierbare Atmosphäre, die dem Mädchen regelmäßig eine Gänsehaut eintrug. Dieser Mann war einfach furchtbar. Er war übermäßig groß, übermäßig laut, übermäßig frisch gewaschen und übermäßig parfümiert. Er hatte kein Interesse für sie und ihren Bruder und irgendwie immer einen anzüglichen Ton drauf, wenn er mit ihnen sprach.

Das Mädchen fand es überaus passend, wenn die Mutter seinen Wagen auf dem Parkplatz vor dem Hochhaus als »flaschengrün« beschrieb. Eine Flasche mit einem Auto in einer ebensolchen Farbe, genau das war er.

»Aber Kinder, nun zieht bitte nicht solche Gesichter! Ich bin doch so froh, daß ich wieder einen Mann gefunden habe, ihr denn etwa nicht? Seitdem euer Vater nicht mehr da ist« – in ihre frisch geschminkten Augen traten Tränen – »muß ich ganz allein zusehen, wie ich mit euch klarkomme. Das ist wahrhaftig nicht leicht, das könnt ihr mir glauben. Und wenn erst mal wieder ein Mann im Haus ist...« Sie putzte sich die Nase. »Ihr seid beide jetzt in einem schwierigen Alter, da braucht ihr eine feste Hand. Und ihr hättet doch nichts dagegen, wenn er bei uns einziehen würde, oder?«

Jetzt war es ausgesprochen. Das Mädchen hatte ihrer Mutter noch nie etwas abschlagen können, wenn diese heulend vor ihr stand. Sie murmelte: »Nein, nein«, und ging ins Bad, wo sie die Tür fest hinter sich zumachte.

Ein neuer Mann? Womöglich ein neuer Vater? Sie wollte jedenfalls keinen, wo sie den Verlust des alten noch gar nicht verstanden hatte. Er war einfach gestorben. Gut ein Jahr war das jetzt her, sie hatte eine Woche später ihren zehnten Geburtstag gehabt. Es war der fürchterlichste Geburtstag ihres Lebens gewesen. Beinahe alle Trauergäste hatten neben einem Kranz für das Grab des Vaters ein Geschenk für sie mitgebracht, und sie mußte sich freuen und bedanken und damit spielen, anstatt sich zu verkriechen und zu weinen bei dem Versuch, das Geschehene zu erfassen.

Sie hatte bis heute nicht begriffen, wieso sich ihr Vater mit einer Grippe ins Bett legte und kurz darauf im Krankenhaus gestorben sein sollte. Sie selbst war auch schon mal in der Klinik gewesen und schließlich nicht tot. Es war zwar entsetzlich gewesen – die schmerzhafte Betäubung, das ekelerregende Lachgas, das einsame Aufwachen nach der Operation und die langen grauen Gänge, wo sie ihre Mutter nicht fand –, aber sie lebte.

Was war das überhaupt, der Tod? Wieso konnte der Vater einfach sterben und sie, die Tochter, allein zurückbleiben? Würde sie selbst vielleicht auch bald so eine Krankheit bekommen und daran sterben? Monatelang hatte sie ihren Körper jeden Abend im Bett nach den Anzeichen einer solchen Erkrankung abgesucht, und sie war sich immer noch nicht ganz sicher, ob sie nicht vielleicht sterbenskrank war. Sie dachte aber nicht allzu oft daran, weil sie dann ganz fürchterliche Angst bekam.

Es hatte nie jemand mit ihr darüber gesprochen, aber sie wußte auch so Bescheid. Der Tod, das war eine große Angst und eine kaum zu bändigende Unruhe, das war eine weinende Mutter und ein offenes Grab, der Umzug in die fremde, enge Stadt, das Gymnasium, das Töchter von Tischlern nicht haben wollte und sie an die Realschule verwies. Kein Musikunterricht mehr, kein Turnen. Das alles war der Tod.

Und jetzt: ein neuer Mann? Es war schlimm bei ihnen geworden, die Mutter war wegen ihrer Schichtarbeit ständig im Streß und selten zufriedenzustellen. Sie nörgelte viel und wein-

te noch mehr, erzählte häufig vom Jugendamt, das wohl bald in der Tür stünde, wenn sie, die Kinder, auch weiterhin so ..., ja, was eigentlich? Und jetzt auch noch ein neuer Mann? Sie kamen doch zu dritt kaum zurecht, obwohl die Kinder sich so viel Mühe gaben. Ein neuer Mann.

Sie schüttelte sich und ging zum Abendbrot.

2.

Es wurde Zeit für sie, wenn sie ihre StudentInnen nicht wieder gegen sich aufbringen wollte, weil sie die Sprechstunde »immer viel zu spät« begann.

Im Schlafzimmer zwängte sich Marie in die obligatorische Jeans und zog einen warmen, kuschligen Pullover über den Body. Durch einen Blick aus dem Fenster stellte sie fest, daß es immer noch regnete, und sie wählte die Stiefel mit den hohen Absätzen und suchte nach ihrem Regenanzug. Wilhelm S. ging ihr nicht aus dem Kopf.

»Verdränge ihn einfach, das hast du doch gelernt«, ermunterte sie sich vor dem Spiegel. Sie fuhr sich mit beiden Händen durch die Haare und streckte ihrem Spiegelbild die Zunge heraus, bevor sie nach den Fahrradschlüsseln griff und die Wohnung verließ.

Mit ihrem Fahrrad erkämpfte sie sich durch den strömenden Regen den Weg zur Universität. Es war Anfang September, aber von Spätsommer konnte keine Rede sein; die hohen Bäume, die die Straße säumten, verloren massenhaft Blätter, wodurch die Fahrt auf dem Radweg zu einer gefährlichen Rutschpartie wurde. Plötzlich traf Marie eine herabfallende Kastanie wie ein Geschoß über ihrem linken Ohr. Sie fluchte und fuhr mit zusammengebissenen Zähnen weiter.

Vor der Tür zu ihrem Büro waren bereits diverse ExamenskandidatInnen sowie InteressentInnen an Hausarbeiten und ihren Seminaren im Wintersemester versammelt. Während ihrer eigenen Studienzeit waren die Sprechstunden am Montagmorgen neben denen am Freitagnachmittag die unbeliebtesten gewesen. Alle Studis hatten sich immer bemüht, die Wochenenden möglichst lang auszudehnen, und wer beginnt schon gern die Woche mit einer Aufwartung bei der Dozentin? Doch da die Unis immer voller wurden, hatte frau sogar schon am Montagmorgen alle Hände voll zu tun. Marie schälte sich aus ihren nassen Regenklamotten und betrachtete vor dem Spiegel den Schaden, den die Kastanie angerichtet hatte. Eindeutig eine kleine Beule. Sie putzte ihre Brille und dachte leicht amüsiert: Wenigstens ist für Ablenkung gesorgt.

Dann eröffnete sie den Run auf ihren Schreibtisch.

Die Sprechstunde hatte wieder einmal viel länger gedauert als die vorgesehenen neunzig Minuten. Marie holte sich erst einmal einen heißen Kakao aus der Cafeteria im Keller. Nach dem ersten Schluck verzog sie das Gesicht. Wie immer war das Zeug mit Wasser statt mit Milch gekocht, und wie stets hatte sie sich die Zunge daran verbrüht. Nicht zum ersten Mal, seitdem sie vor dreizehn Jahren die Universität betreten hatte, nahm sie sich vor, sich morgens nach dem Frühstück einen schönen schwarzen Tee in eine Thermosflasche abzufüllen und mitzunehmen. Aber irgendwie war sie nicht dazu geboren, jemanden zu bemuttern – auch sich selbst nicht. Na ja, vielleicht würde sie ja doch noch einmal auf den Mann ihres Herzens treffen, der sie jeden Morgen vor dem Weg zur Arbeit mit einem Kuß und einem Henkelmann versorgen würde.

Zurück in ihrem Büro, versuchte Marie ihr Glück noch einmal. Sie wählte die Telefonnummer von Ediths Büro.

»Hi, Edith, hat Benni dir von meinem Anruf erzählt?«

»Du hast angerufen? Wann denn?«

Irgendwie hätte es Marie auch gewundert, wenn Edith in dem Tumult das Telefon überhaupt klingeln gehört hätte. »Heute morgen. Paß mal auf, ich hab da ...«

»Ach ja? Was gab's denn schon so früh? Na ja, war 'n bißchen chaotisch bei uns heute morgen. Die Tagesmutter hatte verschlafen, und ...«

Ob der Junge seine Redseligkeit doch vererbt bekommen hatte? Marie beschloß, diese Beobachtung ihrer Freundin bei passender Gelegenheit mitzuteilen.

»Edith«, sagte sie jetzt in geschäftsmäßigerem Ton, »du könntest mir eine Information besorgen.« Sie erzählte von der Meldung in der Zeitung und, daß sie zu gerne wissen würde, wie der Mann mit Nachnamen hieß. Da ihre

Freundin über eine bemerkenswerte Neugier verfügte, konnte Marie ziemlich sicher sein, ihr Interesse geweckt zu haben.

Prompt kam die unvermeidliche Frage: »Wieso interessiert dich das Arschloch, Schätzchen?«

»Vielleicht kenne ich ihn.« Mit dieser Bemerkung hatte Marie ihre Freundin wohl ziemlich verblüfft, denn Edith war zunächst mucksmäuschenstill.

»Moment mal.« Edith sog hörbar die Luft ein. »Moment mal. Willst du damit sagen, daß es sich hier um das Schwein handelt, das dich seinerzeit ...?«

»Handeln könnte«, korrigierte Marie sie. »Na ja, schließlich wird er ja noch irgendwo hier in der Gegend leben, und vielleicht war ich ja nicht die einzige. Und diese Namensgleichheit ... – das Ganze regt mich ziemlich auf, und ich wüßte es halt gerne genauer.«

»Morgen abend kann ich dir sagen, was du wissen willst, denke ich. Reicht dir das?«

»Eigentlich reicht es mir jetzt schon«, entgegnete Marie trocken. »Aber wenn ich es morgen ganz genau wissen könnte, wäre das schon toll. Allerdings nicht am Telefon. Was hältst du davon, wenn ich ein Hähnchen in die Röhre werfe und wir Silke mal wieder von ihrem Hausfrauendasein erlösen?«

»Gute Idee! Ich bringe das Muttertier mit. Um acht?«

»Um acht.« Nach dem Gespräch mit ihrer Freundin blieb Marie noch ein Weilchen sinnierend mit dem Hörer in der Hand sitzen. Wenigstens war sie diesmal nicht allein.

Ihr Bett stand im Schlafzimmer. Die Mutter hatte den Umzug in die kleine Stadt zum Anlaß genommen, das große Mahagoni-Ehebett durch eine breite französische Liege zu ersetzen.

Das Mädchen hatte diesen Vorgang mit Empörung und Unverständnis verfolgt: Hatte ihre Mutter wirklich nichts Dringenderes zu tun, als die vom Vater selbst gebauten Betten auszurangieren und diese rote Liege mit den aufgestickten, riesigen bunten Blumen anzuschaffen? Auch als sie seine Kleidung verschenkte oder wegwarf, hätte das Mädchen gern Einspruch erhoben. Vor allem bei dem wunderschönen weinroten, kuschligkratzigen Wollpullover – den hätte sie am liebsten selbst getragen. Die schönen Möbel jedenfalls, die der Vater selbst entworfen, zugesägt, geschliffen, zusammengebaut, poliert, lackiert und beschlagen hatte und mit denen das Mädchen aufgewachsen war, erschienen ihrer Mutter auf einmal zu groß, zu dunkel, zu schwer oder eben einfach nicht mehr schön genug. Wenigstens behielt sie den schweren dunklen Schrank – »vorerst«. Das Mädchen hing an der hölzernen Hinterlassenschaft ihres Vaters, und sie hoffte, daß das Geld noch möglichst lange nicht reichen würde, um diese endgültig zu demontieren.

Das Ergebnis dieser Aktionen war nun mehr Platz; im Schlafzimmerschrank für ihre Klamotten, auf der Kommode unter dem Spiegel für ihre Puppen und Plüschtiere, im Raum selbst für ihr Bett. Eigentlich war es gar nicht ihr Bett. Das stand nämlich stattlich und jederzeit für alles mögliche benutzbar im Zimmer ihres Bruders. Nachdem sie immer zusammengewohnt hatten, bekam er nun einen eigenen Raum.

»Jungs in seinem Alter brauchen das, und außerdem könnt ihr nicht mehr in einem Zimmer wohnen, in eurem Alter.«

Ein zweites Kinderzimmer gab es in der Hochhauswohnung aber nicht, und so landete das Mädchen mit dem Klappbett ihres Bruders im mütterlichen Schlafzimmer. Mit dem hochgeklappten Schlafmöbel natürlich; soviel Platz, um das Bett auch tagsüber in benutzbarem Zustand zu belassen, war nun auch wieder nicht vorhanden. Manchmal durfte sie die französische Liege benutzen – »Aber klecker bloß nicht, und paß auf, daß du keine Fäden ziehst!« Die Hausaufgaben machte sie sowieso an dem großen Eßtisch in der dafür vorgesehenen Ecke im Flur.

Trotzdem hatte auch das Mädchen ein Stückchen des Schlafzimmers für sich in Beschlag genommen. Ganz langsam und immer wieder die Reaktion ihrer Mutter antestend, hatte sie damit begonnen, bunte Bilder von Prominenten aus der Fernsehzeitung auszuschneiden und über ihrem Bett an der Tapete anzukleben. Stück für Stück und immer darauf bedacht, die Höhe nicht zu überschreiten, die das Bett im hochgeklappten Zustand erreichte. So war tagsüber nichts von ihrer

Sammlung zu bemerken; lediglich abends, wenn sie vor dem Schlafengehen das Bett herunterklappte, prangten da Fernsehstars und Schlagersternchen, und am Kopfende ein farbiges Portrait eines hohen Politikers, der sie immer ein bißchen an ihren toten Vater erinnerte.

Und auf einmal war er da. Mit Sack und Pack, aber ohne Möbel. Das war auch besser, denn es wurde auch so eng genug in dem ohnehin nicht großzügigen Schlafzimmer. Die wenigen Kleider der Tochter wurden zusammengeschoben, um Platz zu schaffen für die Garderobe des neuen Mannes. Die französische Liege stand dem Mädchen jetzt noch viel seltener zur Verfügung, denn die Zimmertür wurde tagsüber geschlossen. Das Schlafzimmer wurde eben ein Schlafzimmer, wie es sich gehörte.

»Und sach deiner Tochter, sie soll bloß diesen Sozi von der Wand nehmen. Da geht mir ja einer ab, wenn ich immer in diese Visage kucken muß!« Überflüssig, diese »Bitte« noch einmal zu wiederholen, da seine lautstarken Bemerkungen kaum zu überhören waren.

Als das Mädchen das Bild des Politikers abhängte, hinterließ der Klebstoff große dunkle Flecken auf der Tapete. Sie legte das Foto in ihren Schulatlas. Dort konnte sie es aufbewahren, ohne daß es verknickte.

Aber seine Gegenwart ergriff auch noch auf eine andere Art und Weise Besitz von den drei Menschen in der kleinen Wohnung. Er war da, er wollte Aufmerksamkeit und Respekt, er füllte die Wohnung mit seinem Lärm und seinem Geruch, er hatte das letzte Wort, er bestimmte, er strafte. Es war unmöglich, sich ihm zu entziehen. Das lag weniger an seinem Charme als vielmehr an seiner Aufdringlichkeit. Er mischte sich überall ein. Er wollte alles wissen. Er schrie. Er prügelte. Auf eine ekelerregende Weise predigte er Sauberkeit. Er bestimmte die Gesprächsthemen beim Abendbrot, das Aussehen der Kinder. Er schlug den Sohn wegen schlechter Noten und die Tochter wegen guter Zeugnisse. Er war immer präsent und nicht zu bändigen. Er furzte, er rülpste, er stank.

Ihre Mutter nahm mittlerweile die Pille und war wieder glücklich.

3.

Nach dem Telefonat mit Marie blickte sich Edith Kampen gedankenverloren in ihrem Büro um. Vor drei Jahren hatte sie mit Frank Süller und Karl Meyer die Büroräume angemietet. Die drei arbeiteten an verschiedenen journalistischen Projekten und hatten sich vor allem in der Computerfachpresse einen guten Namen gemacht. An Aufträgen mangelte es nicht. Die Gruppendynamik stimmte ebenfalls, obwohl Frank und Edith auch privat liiert waren.

Das Haus, in dem sich die drei Räume mit Teeküche befanden, lag mitten in der Münsteraner Innenstadt. Von ihrem Schreibtisch aus schaute Edith direkt auf Münsters Pracht- und Renommierstraße – den Prinzipalmarkt. Beugte sie sich aus dem Fenster, konnte sie links die gotischen Verzierungen an der Lambertikirche betrachten. Auf der anderen Seite des Kirchturms hingen noch immer die menschenverachtenden Käfige, mit denen der aufgebrachte Klerus Rache an den Wiedertäufern genommen hatte, einer Reformbewegung im 16. Jahrhundert. Edith erinnerte sich noch genau, wie ihre Münsteraner Oma sie über die Käfige an der Kirche aufgeklärt hatte: »Da hat man früher böse Menschen eingesperrt, die sich gegen Gott und die Kirche versündigt hatten. Sie bekamen nichts zu essen und zu trinken, und die Vögel haben ihnen in die Augen gepickt.«

Edith wunderte sich immer wieder, daß die großmütterliche Version der Wiedertäufer-Geschichte ihr als Siebenjährige keine Alpträume verursacht hatte.

Maries Anruf – Edith spürte ein Kribbeln am ganzen Körper. Immer, wenn die Sprache auf das Thema »sexueller Mißbrauch« kam, spürte sie diese körperliche Reaktion – Kribbeln, Unruhe, Unbehagen. Schon als Marie ihr vor einigen Jahren ihre Geschichte erzählt hatte, war ihr tagelang übel gewesen, hatte sie sich ohne Grund übergeben müssen und war sie von Alpträumen geplagt worden. Aber jetzt brauchte Marie ihre Hilfe – keine Zeit für Gefühlsduselei.

Entschlossen schob sie ihren knatschroten Schreibtischstuhl zurück und ging die drei Schritte über den Flur in Franks Büro. Wie meistens hing er am Telefon und recherchierte für seine Titelgeschichte, die er regelmäßig für die *Screen am Arbeitsplatz* schrieb. In vier Tagen war Abgabetermin, und er hatte noch zwei große Interviews zu führen, bevor er die Story in den Computer eingeben und per E-Mail an die Redaktion schicken konnte. Gerade beendete er das Telefonat.

»Puh, Glück gehabt«, seufzte er. »Der Typ wollte morgen zu einer Konferenz in die USA fahren. Ich habe ihn gerade noch erwischt. Jetzt fehlt mir nur noch die Frau von der Deutschen Bank ... Sag mal, ist was? Du bist ja ganz fahrig.«

Aufmerksam blickte er seine Freundin an.

Genau das liebte Edith an ihm. Frank bekam immer schnell mit, wenn es ihr nicht gut ging. Seit acht Jahren lebten sie jetzt schon zusammen und hatten so einige Krisen gemeinsam überstanden. Mit aufwallender Zärtlichkeit nahm sie die Details an Frank wahr. Für einen Mann eher klein, schwarze, inzwischen immer grauer werdende Haare, ausdrucksstarke braune Augen, schlank, schon fast knochig, muskulös, 36 Jahre alt und immer in Jeans, Pullover und Turnschuhen. Nur bei ganz besonderen Terminen warf er sich so richtig in Schale – auch dann sah er ausgesprochen gut aus. In seinen Augen konnte sie die liebevolle Besorgnis lesen, die ihr schon über manche schlechte Stunde hinweggeholfen hatte. Kurz sah sie gedanklich ihr eigenes Spiegelbild: mittelgroß, runde Hüften und Bauch, bequeme Kleidung, hellblaue Augen und eine Haut, um die sie viele Frauen beneideten, mit einem auch im Winter schönen Braunton, von dem sich ihre Augen vorteilhaft abhoben. Trotz der Gewichtszunahme nach den beiden Geburten ging es ihr gut und sie fühlte sich wohl in ihrem Körper, was einen Teil ihrer Ausstrahlung ausmachte. Die hochgewachsene und schlanke Silke versicherte ihr immer wieder: »Weißt du, Edith, von einer Frau wie dir kann es gar nicht genug geben – du wärst selbst mit 100 Kilo noch sagenhaft attraktiv.« Das hielt Edith für maßlos übertrieben, aber sie freute sich über Silkes Bewunderung. Doch im Moment plagten sie andere Sorgen.

»Marie hat gerade angerufen«, erzählte sie Frank. »Sie hat in der *Westfälischen Zeitung* eine Meldung gelesen, daß ein gewisser Wilhelm S. in Ahlen eine Vierzehnjährige mißbraucht hat.«

»Ja, und?« Frank starrte sie verständnislos an. »Das steht doch fast jeden Tag in einer Zeitung.«

»Ja, aber Marie glaubt, daß Wilhelm S. derselbe sein könnte, der ihr das damals angetan hat. Du weißt doch, sie kommt aus Ahlen.«

»Was? Ehrlich? Das müssen wir unbedingt rauskriegen.« In Frank regte sich die Spürnase für eine spannende Story. Doch ein Blick in Ediths Gesicht ließ ihn innehalten.

»Hey, das nimmt dich mit, was?« Seine anfängliche Begeisterung über eine interessante Recherche verflog.

»Ja, ich weiß auch nicht genau, warum. Irgendwie geht mir das Thema immer wieder total nah. Wenn ich an unsere süße Laura denke ...« Verzweifelt suchte sie Franks Augen.

»Komm, das bringt doch nichts. Erstens sind wir doch da und passen auf. Und außerdem ist nun wirklich nicht jedes Kind bedroht. Laß uns lieber überlegen, wie wir Marie helfen können. Soll ich mal ...«

»Nee, nee«, unterbrach ihn Edith und hob den Kopf. »Ich weiß, daß das nicht gerade mein Lieblingsthema ist, aber eine kleine Recherche schaffe ich schon. Frank, ich möchte, daß du dich da vorerst heraushältst. Marie will bestimmt nicht, daß du dich einmischst. Schließlich hat sie mich um Hilfe gebeten. Arbeite du weiter an der Titelstory; ich habe meinen Artikel für übermorgen schon fertig – also genug Luft, um ein bißchen zu recherchieren.«

Edith sah Frank an, daß es ihm nicht paßte, hier außen vor gelassen zu werden. Er war Journalist mit Leib und

Seele, und jede spannende Geschichte forderte seinen beruflichen Ehrgeiz heraus. Doch er nickte zustimmend, und nach einem kurzen Kuß überließ sie Frank seiner Arbeit und griff an ihrem Schreibtisch zum Telefon.

Mit ein bißchen Glück würde sie in der Redaktion gerade noch die Kollegin erwischen, die die Meldung geschrieben hatte. Vom Journalistinnenstammtisch wußte sie, daß eigentlich nur Manuela von der Lokalredaktion in Frage kam, da sie regelmäßig die Polizeiberichte aus Münster und Umgebung für die Tageszeitung auswertete. Manuela war direkt am Apparat.

»Hallo, Ela«, meldete sich Edith. »Gut, dich direkt zu erwischen – hier ist Edith.«

»Edith! Hi!« Manuelas Stimme piepste aus dem Hörer – bei ihr ein sicheres Zeichen von höchstem Streß. »Ist es wichtig? Bin gerade auf dem Sprung zum Gericht.«

»Ich mach's kurz. Du hast doch sicher die Meldung über diesen Vergewaltigungsversuch an einer Jugendlichen in Ahlen geschrieben. Weißt du den vollständigen Namen dieses Wilhelm S.? Ich brauche ihn aus persönlichen Gründen.«

»Sorry, Edith.« Manuela war anzuhören, daß sie ihrer Kollegin gern geholfen hätte. »Da mußt du es schon bei der Polizei versuchen. Mehr, als in der Meldung stand, weiß ich auch nicht. Du kennst doch die Polizeiberichte – Datenschutz, Personenschutz etc. Versuch es mal beim Pressesprecher der Polizei in Ahlen. Edith, tut mir leid, aber ich muß jetzt wirklich los. Wir sehen uns beim Stammtisch – tschüs.«

Edith konnte gerade noch einen kurzen Dank loswerden, als die Leitung auch schon unterbrochen war. Nach einem Blick in ihr Telefonregister wählte sie die Nummer der Ahlener Polizei.

Aus ihrer Unizeit kannte sie Martin Schmidt, der es trotz eher mäßigen Studienleistungen inzwischen bis zum Polizeisprecher in Ahlen gebracht hatte. Nach einer kurzen Liaison am Anfang des Studiums waren sie getrennte Wege gegangen, hatten aber immer einen losen Kontakt gehalten. Schon einmal hatte ihr Schmidtchen einen entscheidenden Informationsvorsprung verschafft, der ihr immerhin zu ihrer ersten und bisher einzigen Story im *Brennglas*, einem überregionalen Nachrichtenmagazin, verholfen hatte. Sogar seine direkte Durchwahl hatte er ihr verraten, so daß sie nicht den Umweg über die Zentrale gehen mußte, um ihn zu erreichen.

Edith hatte sich dieses Vertrauensbeweises durchaus als würdig erwiesen und ihn nicht überstrapaziert. Doch jetzt war es wieder einmal soweit: Sie brauchte seine informelle Hilfe.

»Hallo, Schmidtchen, hier ist deine Lieblingsfrau«, begann sie das Gespräch. Ein kleiner Flirt gehörte bei ihm immer dazu.

»Edith«, sie registrierte die Freude in seiner Stimme mit Behagen. »Was treibt dich in meine provinzielle Amtsstube?«

»Du kennst mich doch, ohne triftigen Grund rufe ich nicht an«, raubte ihm Edith sofort alle Illusionen.

»Leider, leider«, seufzte Martin mit gespielter Trauer.

»Ach komm, du tust ja gerade so, als hättest du Entzugserscheinungen. Bei deinem Verschleiß an Frauen kann das doch nicht sein.«

»Du siehst das falsch, ich habe immer nur dich ...«

»... mit anderen betrogen«, setzte Edith den Satz lachend fort. »Laß man stecken, Schmidtchen, das hatten wir doch schon. Aber im Ernst, ich brauche dringend eine Info von dir, weil ich etwas über diese Mißbrauchsgeschichte in Ahlen gelesen habe.«

»Nicht auch noch du, mein Sohn Brutus ...«

»Sohn bin ich nie gewesen, Tochter, Martin, Tochter – falls du weißt, was ich meine«, unterbrach ihn Edith, mit genüßlicher Anspielung auf Martins zwei Töchter aus erster Ehe, die er ihrer Meinung nach sträflich vernachlässigte. »Aber wieso stöhnst du so? Gibt es da irgendwas Besonderes?«

»Du meinst doch bestimmt diesen Vorfall, bei dem die Kneipenwirtin von der *Quelle* ihren Lover rausgeschmissen hat, weil der sich angeblich an ihrer Tochter vergriffen hat.« Ohne Ediths Antwort abzuwarten, fuhr er fort:

»Die Frau hat heute Anzeige erstattet – wegen versuchter Vergewaltigung und sexueller Nötigung einer Minderjährigen. Und da das nun einer der seltenen Fälle ist, in denen Anzeige erstattet wird, laufen hier die Telefone heiß, damit ja nur alles richtig gemacht wird.«

»Was heißt das: richtig gemacht wird?« Edith starrte verwundert auf ihren Telefonapparat, als könnten die Tasten ihr Klarheit verschaffen.

»Na ja, anscheinend ist Mißbrauch zum neuen Modethema in der Presse avanciert. Da will sich natürlich keiner von den Verantwortlichen bei uns die Finger dran verbrennen. Obwohl – ich finde ja, daß das echt ein alter Hut ist.«

»Hey, du spinnst wohl! Alter Hut – leider alt, aber leider auch noch immer aktuell. Ist doch gut, wenn endlich Öffentlichkeit hergestellt wird, vielleicht werden dann die Strafen auch mal höher. Für jeden Diebstahl brummen die Richter doch mehr auf.«

»Komm Eduschka, laß mich damit in Ruhe. Da kommen wir nie auf einen gemeinsamen Nenner. Was willst du denn eigentlich wissen?«

Wie immer wurde Edith versöhnlich, wenn Martin sie mit ihrem Kosenamen anredete. Er war der einzige, der ihrem hart klingenden Namen eine schöne weiche Note gegeben hatte. »Okay«, sie besann sich auf den Zweck ihres Anrufs, »kannst du mir das S. erklären?«

»Du willst den Nachnamen? Welchen denn, den der Wirtin oder den des Mannes? Und wofür überhaupt?«

»Beide, Schmidtchen. Komm schon – laß mich nicht hängen. Ich brauche sie für weitere Recherchen, du weißt doch, Hintergrundinformationen sammeln und so.«

Martin stöhnte: »Aber nur, weil du es bist. Und bitte keinen Artikel mit seinem vollen Namen mit Wohnsitz etc. Die Kollegen hatten ihn erst mal mitgenommen, er war am Freitag ja ziemlich angetrunken. Am Samstag ist er dann auf freien Fuß gesetzt worden. Ja, ich weiß«, kommentierte er Ediths empörten Ausruf. »Aber juristisch gab es keine andere Möglichkeit. Deshalb darf der Name auch nicht bekannt werden. Stell dir mal vor, wir müßten ihm Polizeischutz vor aufgebrachten Müttern und Emanzen geben.«

»Feministinnen, Martin, Feministinnen – aber ist gebongt«, versprach Edith. »Und?«

»Das S. steht für Schraube. Der Typ heißt Wilhelm Schraube und wohnt seit gut dreißig Jahren in Ahlen. Vorher ist er noch nie auffällig geworden, also keine Vorstrafen. Die Mutter der Jugendlichen heißt Helene Soltau. Sie ist die Besitzerin der Kneipe *Zur Quelle* – aber das weißt du ja schon.«

»Toll, Schmidtchen, danke dir, du hast was gut bei mir. Wie wär's nächste Woche mit einem leckeren Essen im Kreise der Familie?«

»Bist du verrückt? Und ich kann dann den ganzen Abend deinen Traummann Frank Süller betrachten? Nein, danke. Leckeres Essen ist okay, aber mindestens im Lortzingsaal. Ich bezahle auch, wenn du mitkommst. Das ist es mir wert, dich mal wieder für mich allein zu haben.«

»Klar, mit dem Gehalt eines Staatsbeamten im höheren Dienst könnte ich auch großzügig sein. Ist okay, wie wäre es mit ...«, Edith blätterte in ihrem Kalender, »... Dienstag abend, äh, also morgen abend? Da habe ich noch frei.«

»Klasse, paßt. Ich freue mich schon drauf – bis morgen, ich werde zum Chef gerufen. Mach's gut.«

Verdutzt horchte Edith in den Telefonhörer. Das war aber jetzt schnell gegangen. Ja ja, wenn der Chef ruft. Sie würde etlichen Göttinnen auf Knien danken – irgendwann am Ende ihres Lebens –, daß sich die Geschichten mit Chefs und Vorgesetzten für sie selbst durch das selbständige Arbeiten ein für allemal erübrigt hatten.

So, jetzt hatte sie eigentlich Maries Frage beantwortet und genug Material für den Freundinnenabend. Oh bullshit, sie mußte ja noch Silke anrufen – lieber jetzt, bevor sie es wieder vergaß.

»Silke Odenthal.« Silkes volltönende Stimme klang aus der Leitung.

Sie hatte lange, blonde Haare und trug meistens die heute übliche Hausfrauenkleidung: Leggings, Sweatshirt und bequeme Gesundheitslatschen. Trotz ihrer drei Geburten hatte Silke ihre schlanke Figur bewahren können. Dennoch beklagte sie sich immer wieder, daß Größe 40 ihre Standardgröße sei. Bei Edith stieß sie damit allerdings auf erbitterten Widerspruch, so daß Kleidergrößen kein Thema mehr zwischen ihnen waren. »Du spinnst total«, hatte Edith bei ihrer letzten Diskussion darüber geschrien. »Hör auf mit diesem beschissenen Größenterror! Merkst du denn nicht, was du dir und anderen Frauen damit antust?« Silke war beleidigt davongerauscht und hatte seitdem das Thema nicht mehr zur Sprache gebracht.

»Hallo, Lieblingsfreundin«, sprach Edith jetzt in den Hörer. »Frauenabend ist angesagt: Marie ist auf den Spuren ihres Mißbrauchers.«

»Oha«, entfuhr es Silke, »dann ist es ja dringend. Wann?«

»Morgen abend um acht – au Backe, jetzt habe ich den Abend doppelt gebucht. Scheiße.« Edith rutschte hektisch auf ihrem Stuhl herum; nun mußte sie Martin vertrösten.

»Ist doch nichts Neues«, witzelte Silke, »aber du weißt ja Prioritäten zu setzen, Alte.«

Schon während ihrer Studienzeit hatten die beiden sich gelegentlich »Alte« genannt, noch bevor die Generation der achtziger Jahre den Ausdruck als Modewort unter Kumpelinen für sich in Anspruch genommen hatte. Allerdings fühlten sich manche Bekannte ihrer eigenen Generation anscheinend durch so ein kleines Wort schon an die eigene Rente erinnert. Manches Mal hatten die beiden Freundinnen bemerkt, wie ihre Wortwahl andere Anwesende zusammenzucken ließ, worüber Silke und Edith sich königinnenlich amüsieren konnten.

»Okay, okay, also es bleibt bei morgen abend. Dann muß Schmidtchen eben am Donnerstag Zeit haben.«

»Na, das dürfte doch kein Problem sein, bei seiner Anhänglichkeit«, spottete Silke. Im Hintergrund ertönte heftiges Geschrei und wütendes Lamentieren von Anna, die sich von ihren jüngeren Schwestern bedrängt fühlte.

»Ich muß schlichten. Also – morgen ist klar, so gegen

acht, okay?« Etwas gehetzt verabschiedete sich Silke von ihrer Freundin.

Einer plötzlichen Eingebung folgend, schaute Edith in ihrem Telefonregister nach der Nummer der Zeitschrift *Mona*. Schon seit einem Jahr arbeitete sie regelmäßig für diese überregionale Frauenzeitschrift und bot der Redaktion immer wieder sie interessierende Themen an.

»Faber«, meldete sich Ediths Ansprechpartnerin.

»Tag, Frau Faber, hier Edith Kampen.« Edith blickte konzentriert auf ihre Notizen. »Ich hätte mal wieder eine spannende Geschichte für Sie. Es geht um die versuchte Vergewaltigung an einer Jugendlichen im westfälischen Ahlen. Gegen den Täter ist bereits Anzeige erstattet worden. Sie hatten doch gesagt, daß Sie im nächsten Frühjahr ein Dossier zu dem Thema herausbringen wollen. Da würde sich ein konkreter Fall doch gut einfügen.«

»Frau Kampen, schön, daß Sie sich mal wieder melden. – Ja, die Idee gefällt mir. Aber woher der Gesinnungswandel? Sie hatten mir doch damals gesagt, daß Sie zu dem Thema auf keinen Fall etwas machen wollen.«

Edith kaute auf ihrem Bleistift herum. Stimmt ja, jetzt hatte sie bei dem Gedanken an die gute Bezahlung von *Mona* ganz vergessen, daß das Thema ihr permanentes Unbehagen bereitete. Aber dann konnte Silke ja ...

»Das liegt wohl daran, daß ich damals noch keine Ansatzpunkte sah«, argumentierte sie und hoffte, daß es glaubwürdig klang. »Aber jetzt gibt's ja den konkreten Fall hier in der Nähe.«

»Ist gut. Also, zu unserem Dossier würde das prima passen. Am liebsten auch wirklich sehr ausführlich, mit Hintergrundinfos, Recherchen beim Opfer und, wenn es zeitlich hinkommt, auch mit einer Reportage über die Gerichtsverhandlung. Schicken Sie mir doch morgen oder übermorgen ein Exposé! Wenn es mir zusagt, erhalten Sie anschließend meinen schriftlichen Auftrag.«

»Gern«, antwortete Edith. »Das Exposé kann ich allerdings erst übermorgen nachmittag schicken. Reicht das?«

Nachdem sie sich über den Zeitpunkt verständigt und verabschiedet hatten, griff Edith erneut nach ihrem Register. Sie verschob den Termin mit Schmidtchen und machte sich auf den Weg, Benni aus dem Kindergarten zu holen und die Tagesmutter von der sechs Monate alten Laura zu befreien.

4.

»Schraube, Wilhelm. Gebürtig aus Hannover, seit dreißig Jahren wohnhaft in Ahlen/Westfalen ...«

»... 59 Jahre alt, geschieden«, ergänzte Marie. Sie holte tief Luft. »Keine Kinder, von Beruf Bauarbeiter.« Sie schob ihre Brille auf die Nasenwurzel.

»Sieht aus, als hättest du einen Volltreffer gelandet.« Silke sah Marie an. »Es ist wirklich derselbe Typ?«

Wie so häufig saßen Edith, Marie und Silke an diesem Dienstag abend zusammen. Diese Zusammenkünfte hatten immer einen triftigen Grund, etwa, um Maries Arbeitsfrust zu diskutieren, Edith von ihren Kindern fortzulotsen oder Silkes Ehemann zu erschrecken, und sie waren immer wunderbar. Während ihrer Studienzeiten waren sie gemeinsam politisch aktiv gewesen. Bafög-Kürzungen, Studiengebühren, Hochschulrahmengesetz, NATO-Nachrüstung, atomwaffenfreie Fachbereiche und Friedensforschung an der Uni – Themen für Seminardiskussionen, Sit-Ins, Teach-Ins und Demonstrationen in Düsseldorf und Bonn hatte es auch in den achtziger Jahren mehr als genug gegeben. Schlicht »links« nannten sie das heute, doch damals wiesen die vielen sogenannten linken Gruppen angeblich deutliche Unterschiede auf, die selbst sie allerdings heute kaum noch nachvollziehen konnten.

Außerdem verband sie ein perspektivloses, aber immerhin abgeschlossenes Studium an der geisteswissenschaftlichen Fakultät, aus dem bisher nur Marie konkret hatte Kapital schlagen können. In ihrer Eigenschaft als promovierte Historikerin hatte sie an ihrer alten Uni einen befristeten Arbeitsvertrag als wissenschaftliche Angestellte. Seit zwei Semestern überlegte sie nun, ob sie auf das Habilitationskarussell aufspringen sollte oder nicht.

Edith, die jüngste in dem Trio, hatte durch ihre angeborene Neugier und eine langjährige Tätigkeit als Redakteurin bei der StudentInnenzeitung ihren Beruf gefunden.

Die blonde Silke war aus dem lohnabhängigen Arbeitsleben als Büroangestellte fürs erste ausgestiegen und hatte drei Kinder in die Welt gesetzt. Immerhin hielt sie den Anschluß an die Arbeitswelt, indem sie sich von Edith ab und zu ein paar Artikel zuschanzen ließ.

Trotz ihrer verschiedenen Lebenssituationen verstanden sich die Frauen prächtig, vor allem, wenn sich eine von ihnen mal wieder mit einem besonders mißlungenen Vertreter der anderen Hälfte der Menschheit herumschlagen mußte.

»Erzähl doch mal: Wo bist du auf ihn gestoßen?« forderte Silke Marie auf.

Edith nahm ihr die Antwort ab: »Warte mal, ich war noch nicht fertig. Zu deiner Frage: Der hat wieder zugeschlagen. Marie hat in der *Westfälischen Zeitung* gelesen, daß er eine Vierzehnjährige in Ahlen mißbraucht hat. Aber jetzt wird es spannend, denn die Mutter des Mädchens hat Anzeige erstattet. Sie heißt Helene Soltau und scheint ganz schön Biß zu haben. Es wird also in jedem Fall einen Prozeß geben.«

Silke knackte noch am ersten Teil von Ediths Ausführungen. »Der lebt noch und ...?«

Marie lachte bitter auf. »Na klar. Ein Mann in den sogenannten besten Jahren.« Sie schnippte mit den Fingern nach der Zeitungsmeldung vom Vortag. »Mit einer Vorliebe für junges, knackiges Gemüse – seit zwei Jahrzehnten! Und wie der lebt. Lebt und mißbraucht heranwachsende Mädchen, wie sie ihm unter die Wurstfinger kommen.«

»Mannomann. Verdammte Scheiße!« Silke fluchte. »Wenn der sich damals schon an dir vergriffen hat und heute endlich mal erwischt wird, dann kannst du dir doch ausrechnen, daß der auch in der Zwischenzeit die Hände nicht in den Schoß gelegt hat.«

Obwohl ihr das Herz bis zum Hals klopfte, mußte Marie über die deplazierte Redewendung grinsen: »Wenn der die Hände in den Schoß legt, wird's doch erst richtig ernst, Silke!«

Über Silkes Gesicht ging der Anflug eines Lächelns.

»Und was machen wir jetzt mit diesen Informationen? Hast du nicht einen Vorschlag, Marie? Können wir nicht was tun, um ihm ein für allemal das Handwerk zu legen?«

Marie schluckte; ganz wohl war ihr nicht in ihrer Haut.

»Ich sage nichts ohne mein Abendessen«, verkündete sie, während sie aufstand, um die Teller aus dem Küchenschrank zu nehmen. »Erstens muß ich jetzt meinen Magen beruhigen, und zweitens kriege ich keinen Bissen mehr hinunter, wenn ich vor dem Essen über Willi Schraube sprechen soll. Drittens wär's schade um den Vogel, wenn wir jetzt nicht essen.«

Mit einer entschlossenen Handbewegung drückte sie die Schranktür zu. Sie suchte das Besteck zusammen, drückte Silke Korkenzieher und Rotweinflasche in die Hand und machte sich am Herd zu schaffen. Edith stand auf und nahm Weingläser aus der Vitrine. Mit den Gläsern in der Hand sah sie Marie über die Schulter.

»Coq au vin!«

»Oui, oui«, schmunzelte Marie. »Damit ihr nicht vergeßt, daß es noch ein Leben außerhalb des familiären Küchentischs gibt.«

»Laß man«, sagte Edith und griff nach dem Weißbrot, während sie sich auf ihrem Stuhl niederließ. »Mein Frankieboy ist echt ein prima Koch.«

»Und deine Kinder lieben die französische Küche«, frotzelte Marie und angelte sich einen Hähnchenschenkel.

»Genau«, bekräftigte Edith, »und die italienische Küche, die amerikanische und ...«

»Also«, lachte Silke mit vollem Mund, »wenn ihr damit Pommes, Pizza, Nudeln und Hamburger meint, kann ich das nur bestätigen.«

»Mmh, lecker«, brachte Marie nur undeutlich hervor und griff nach der Weinflasche.

»Ach, hör doch auf.« Silke hielt Marie ihr Glas hin. »Singles ernähren sich ja auch oft genug von Dosenfutter und anderem ungesunden Zeugs.«

»Wenn du nicht sofort mit diesen unzulässigen Verallgemeinerungen aufhörst, mach ich das nächste Mal tatsächlich 'ne Dose auf«, protestierte Marie. »Und Mousse au chocolat gibt's nur noch von dem promovierten Lebensmittelchemiker.«

»Bloß nicht!« Silkes Augen strahlten. »Nachtisch gibt's also auch noch?«

Nachdem sie den Schokoladenpudding bis auf den letzten Klecks vertilgt hatten und Edith Tabakbeutel, Blättchen, Filter, Feuerzeug und Aschenbecher auf dem Küchentisch verteilte, kam Silke auf ihr ursprüngliches Thema zurück. »S. wie Schraube«, sinnierte sie.

»Her mit den Muttern!« gab Marie den zu oft gehörten, verhaßten Witz zum besten.

Als die beiden anderen Frauen sie verblüfft anschauten, fühlte sie sich zu einer Erklärung bemüßigt. »Das ist ein Zitat von ihm, kein Witz von mir. Ihr glaubt gar nicht, wie oft ich diesen Spruch gehört habe und wie er mich ankotzt. Dieser Typ ist so krank. Ich habe nie wieder jemanden getroffen, der so dermaßen schwanzzentriert alles um sich herum auf seine Sexualität bezieht. Wenn der eine Frau sieht, ob's nun eine Ärztin, eine Kassiererin oder sonst eine ist, sieht er nicht die Frau im weißen Kittel oder die hinter der Kasse, sondern lediglich eine Frau, auf die er scharf ist und die selbstredend nichts anderes will, als sofort ausgerechnet von ihm gevögelt zu werden. Sollte eine Frau zu diesem grandiosen Angebot tatsächlich nein sagen wollen, wird er auch gern gewalttätig. Außerdem ist er hinter Mädchen her.«

An dieser Stelle brach Marie ab, schob die Brille hinter den Haaransatz und vergrub das Gesicht in den Händen. Mit den Daumen rieb sie ihre Schläfen und schaute Edith an: »Darf ich mir eine drehen?«

Edith schob ihr wortlos den Tabak hinüber. Silke verkniff sich ein mißbilligendes Grunzen.

Marie zündete die selbstgedrehte Zigarette an und nahm einen tiefen Zug. So jung war sie damals gewesen, erinnerte sie sich. Kaum zwölf Jahre alt. Und der Typ hatte ihr zwei Jahre das Leben zur Hölle gemacht.

Nach einem weiteren Lungenzug sagte sie abschließend: »Ihr kennt ja die Folgen des Mißbrauchs. Alpträume, Klaustrophobie, Panikattacken. Die ganzen Unterleibsgeschichten und chronische Magenbeschwerden.«

Silke nickte. Sie wußte, daß Marie mit professioneller Hilfe in einer mehrjährigen Psychotherapie die verdrängten Einzelheiten noch einmal ausgegraben hatte, um endlich damit leben zu können. Sie wußte auch, daß ihre Freundin vor allem deshalb ihre Kochkünste so gut entwickelt hatte, um ihrem Hang zur Magersucht zu begegnen. Alles in allem lebte sie anscheinend relativ gelassen mit ihren traumatischen Erinnerungen. Prüfend blickte sie zu Edith, von der sie wußte, daß ihr das Thema zu schaffen machte. Aber Edith drehte sich konzentriert eine Zigarette und schien nicht sonderlich beunruhigt.

Silke schüttelte sich. »Ich darf gar nicht daran denken, wieviel Kraft es dich noch als Erwachsene gekostet hat, diese Scheiße einigermaßen zu überwinden. Und die betroffenen Kinder, in welcher Hölle sie leben. Seit damals der Mißbrauch in Annas Kindergarten aufgedeckt wurde – ihr wißt schon, der kleine Zahnarztsohn, der mit seinem Papi immer Pornos anschauen mußte –, hab ich soviel darüber gehört und gelesen. Man stolpert permanent darüber, wenn man für das Thema sensibilisiert ist.«

Edith sah Silke erstaunt an und klinkte sich in das Gespräch wieder ein. »Ich wußte gar nicht, daß du dich da so reingekniet hast.«

Gekränkt sagte Silke: »Auch für mich gibt es ein Leben neben der Windel. Als die Sache mit dem Zahnarztsprößling bekannt wurde, war Susanne, unsere Jüngste, ja noch gar nicht geboren. Und wie ich dann gelesen habe, daß selbst Neugeborene unter Umständen vor ihren Vätern, Onkeln, Großvätern nicht sicher sind, wollte ich möglichst viel darüber wissen. Vor allem, wie ich meine Kinder schützen kann. Schließlich habe ich drei Mädchen.«

»Ist ja schon gut«, murmelte Edith.

Aber Silke war jetzt in Fahrt: »Ich habe sehr viel gelesen und auch mit Oliver darüber gesprochen, aber manche Dinge sind mir echt ein Rätsel. Was passiert beispielsweise in den betroffenen Familien? Wo zum Teufel ist die Mutter, wenn Papi pornosehenderweise den Sohnemann auf dem Schoß hat? Wie kann sowas überhaupt passieren?«

»Tja«, sagte Marie. »Manchen Frauen fällt es bestimmt nicht leicht, ihre Männer für sozusagen private Vergehen – also in der Familie – öffentlich zu belangen. Und wenn ich richtig informiert bin, sind Polizei und Justiz in diesem Land auch nicht unbedingt die richtigen Partnerinnen für eine Anzeige wegen Vergewaltigung oder sexuellem Mißbrauch. – Trotzdem«, überlegte sie weiter, »wieso kann ein Schwein wie Schraube immer wieder seinen perversen Gelüsten nachgehen, und niemand haut ihm auf die Finger?«

»Wißt ihr was? Ich finde, wir sollten uns das mal genauer anschauen«, schlug Silke vor. »Also weiterverfolgen, wie sich dieser Fall mit der Tochter der Gastwirtin entwickelt. Was jetzt juristisch passiert, wie die Gastwirtin reagiert und wie sich überhaupt das Umfeld für den Täter darstellt. Eine kleine spezielle Recherche sozusagen. Wie findet ihr das?« Sie schaute sich begeistert um.

Edith war froh, daß Silke das Gespräch in diese Richtung lenkte. »Ich habe gestern mit der Faber von *Mona* gesprochen; die könnte eine ausführliche Story für das März-Dossier gut gebrauchen. Wenn du Zeit und Lust hättest, könntest du den größten Teil des Artikels übernehmen.«

Silke nickte begeistert. Ausgerechnet einen Artikel für *Mona* – die zahlten gut.

Marie seufzte: »Ich fürchte, ich bin immer noch nicht soweit drüber weg, als daß ich scharf drauf wäre, mich mit der real existierenden Schraube zu befassen.«

»Sieh es doch mal so«, meinte Silke, »möglicherweise kommt Schraube durch unsere Arbeit nie wieder in die Lage, einem Teenie das Leben zu versauen. Wir outen ihn einfach, und zwar in einer Auflage von zwei Millionen, na?«

Marie lächelte. »Das wäre es wert.«

Gegen Mitternacht fuhren Edith und Silke nach Hause. Marie war dankbar, als sich ihre Freundinnen liebevoll verabschiedeten. Sie hatte das Bedürfnis, allein zu sein.

Das Klingeln des Telefons ließ sie aus ihren Gedanken hochfahren. Das konnte nur Thomas sein – er durfte sich als einziger zu dieser Zeit ungestraft melden. Während sie zum Telefon eilte, tauchte sein Bild in ihrem Kopf auf: Knapp zwei Meter groß, leicht gebückte Haltung, von der Figur her eher mager, vermittelte er den Eindruck eines typischen Wissenschaftlers. Er war aber längst nicht so trocken wie die Norm-Vertreter seiner Disziplin, und seine verständnisvolle und ruhige Art bildete einen willkommenen Kontrast zu Marie, die in der Hektik und Unruhe des universitären Wissenschaftsbetriebs aufblühte. Sie hatten sich auf einem Kongreß über feministische Linguistik kennen- und liebengelernt. Als angehender Professor der Sprachwissenschaft hatte Thomas seit zwei Jahren eine Stelle bei der Gesellschaft für Linguistik in München. Diese Entfernung war für Marie eher vorteilhaft. Einen Liebhaber und Gefährten, der Tag für Tag seine Forderungen stellte, fand sie ziemlich lästig.

»Hallo«, meldete sie sich. »Noch nicht in die wohlige nächtliche Traumwelt eingetaucht?«

Thomas lachte. Sie tauschten sich über die letzten Tage aus, und Marie berichtete von ihrer neuerlichen ›Begegnung‹ mit Wilhelm Schraube. Das Interesse ihres Freundes tat ihr gut und trug dazu bei, daß sie nach zwanzig Minuten einigermaßen beruhigt den Hörer auflegte. Sie blieb im Flur stehen und horchte sorgfältig in sich hinein. Nein, es würde nichts passieren; keine Panikattacke kündigte sich an, keine aufkommende Unruhe – da war nur tiefe Trauer.

Es fiel ihr immer noch schwer, über jene zwei Jahre ihres Lebens nachzudenken. Zweiunddreißig Jahre war sie jetzt alt, das alles lag zwanzig Jahre zurück, und immer noch machte ihr Schraube Angst. Nein, heute nicht.

Entschlossen marschierte sie in ihre geräumige Küche und holte sich aus ihrem Vorrat einen Schokoriegel. Aufs Zähneputzen würde sie heute verzichten, um jeden längeren Aufenthalt im Badezimmer zu vermeiden. Gut, daß Silke ihr die beiden neuen Krimis mitgebracht hatte. Das garantierte eine angenehme Bettlektüre. Sorgfältig schaute sie sich in ihrem Arbeits- und dem Wohnzimmer um. Alles war an seinem Platz, Balkontür zu. Hier im zweiten Stock konnte ihr nichts passieren. Schokoriegel und Bücher lagen neben ihrem Bett im Schlafzimmer, und ihre neue Bettwäsche lud sie zu lila-grünen Kuschelträumen ein. Sie würde es sich gemütlich machen. Heute nacht würde er sie nicht mehr stören.

Er terrorisierte die Familie, vor allem die beiden Kinder. Der Sohn, mittlerweile schon fast sechzehn, war so selten wie möglich zu Hause. Auch das Mädchen war viel unterwegs. In der Wohnung war ihr ja kein Spielplatz geblieben, und außerdem ging sie diesem »Onkel« tunlichst aus dem Weg. Seine Lautstärke und seine Gewalttätigkeiten stießen sie ab, bei seinen Annäherungsversuchen bekam sie eine Gänsehaut. Und er kam ihr immer näher, richtig zudringlich wurde er zu ihr, oder bildete sie sich das nur ein?

Da gab es zum Beispiel so einen Blick, mit dem er sie bedachte, wenn sie mal allein in einem Raum waren.

»Na, aus dir wird ja auch noch mal was. Deine Mirabellen wachsen ja schon«, sagte er dann beispielsweise und grinste dabei über das ganze Gesicht.

Ihr war das sehr unangenehm. Sie wußte nicht genau, was er meinte, fühlte sich aber völlig schmutzig, wenn er sie so ansah. Was hatten Mirabellen mit ihr zu tun? Und warum mußte er sie so anschauen? Was war denn überhaupt so komisch? Sie verschwand dann immer so schnell wie möglich, konnte aber manchmal nicht verhindern, daß er ihr seine Nähe aufzwang.

So hatte er einmal morgens auf dem Klo gesessen, als sie sich dringend für die Schule fertig machen mußte. Himmel, war das peinlich gewesen! Vorsichtshalber, und weil sie sich bodenlos schämte, verzichtete sie darauf, sich gründlich zu waschen, und griff nur zu Zahnbürste und Kamm. Das nahm er dann zum Anlaß, so oft wie möglich ihre Morgentoilette zu überwachen, »damit sie sich auch ja ordentlich wäscht, die kleine Schlam-

pe!« Niemand verurteilte diese Zumutung, und da das Mädchen bereits an dem besagten Morgen Prügel bezogen hatte, hielt auch sie den Mund.

Eine weitere Geschichte war die Sache mit dem Unterhemd. Sie haßte Unterhemden. Und allen Horrorgeschichten über Nierenbecken-, Blasen- und anderen Entzündungen zum Trotz, die Mutter und Oma bei allen denkbaren passenden und unpassenden Gelegenheiten zum besten gaben, trug sie nach Möglichkeit keins. Wenn die kurzen Pullover hochrutschten und weißen Baumwollripp preisgaben, fand sie diesen Anblick unendlich hausbacken und albern. Sie wollte diese Dinger nicht, und basta! Ohnehin waren ihre Klamotten eine Mischung aus braves Mädchen und Kleidersammlung.

Zwar durfte sie beim seltenen Einkauf dabeisein, aber die Entscheidung fällte kraft ihres Portemonnaies die Mutter. Und so waren ihre beiden Hosen – das Mädchen liebte Hosen über alles – aus überaus robustem braunen Breitcord einerseits und feinem grünen Samtcord andererseits. An eine Jeans war überhaupt nicht zu denken. Während ihr Bruder mit diversen vor Stolz geschwellten Körperteilen das neueste Modell – mit einem irren Schlag und wahnsinniger Stickerei – trug, bemühte das Mädchen sich vergeblich darum, ihre Mutter von der Nutzlosigkeit minikurzer Kleidchen und Röcke zu überzeugen. Einziges Entgegenkommen seitens des Haushaltsvorstandes waren die beiden scheußlichen Cordhosen, die sie nun mit ein paar von älteren Kusinen abgelegten Pullovern abwechselnd trug. Aber ohne Unterhemd!

Bis der Onkel bei ihnen einzog, der es sich in seiner Rolle als Familienoberhaupt nicht nehmen ließ, dem Mädchen morgens vor der Schule unter den Pullover zu schauen. Dann scheuchte er sie mit zum Schlag erhobener Hand und dem Ruf »Du ziehst dich jetzt sofort vernünftig an, sonst passiert was!« zurück ins Schlafzimmer, wo er mit eigenen Augen die Erfüllung seines Befehls verfolgte – und wiederum einen willkommenen Anlaß hatte, sich mit abstoßenden Blicken und Worten über das Wachstum ihres Körpers auszulassen.

Das Mädchen war jeden Morgen auf eine seltsame Weise erleichtert und befreit, wenn sie vor der Haustür stand und in die Schule durfte.

5.

Silke und Edith schlossen vor Maries Haustür ihre Leetzen, wie die Fahrräder im Münsterland genannt werden, auf und fuhren einträchtig Richtung Promenade. Vom Südviertel aus bogen sie am Ludgeriplatz links ab auf den zur Nachtzeit verwaisten grünen Ring, um so in den Münsteraner Norden zu kommen. Während Edith noch ihren Gedanken nachhing, trat Silke kräftig in die Pedale, um neben ihre Freundin zu gelangen.

»Sag mal, irgendwie ist das doch ein Wink mit dem Zaunpfahl, daß Marie nach so langer Zeit wieder auf diesen Schraube gestoßen ist, oder?«

Fragend schaute Silke in Ediths Richtung, die erstaunt entgegnete: »Was meinst du denn damit?«

»So genau weiß ich das auch nicht, aber merkwürdig ist das schon. Ich glaube, da steckt mehr drin als eine Story.«

Edith zuckte mit den Schultern. »Weiß ich nicht, lassen wir das doch einfach auf uns zukommen. Ich würde jetzt lieber noch über etwas anderes reden, um auf andere Gedanken zu kommen. Was macht denn eigentlich deine Hausgemeinschaft?«

Silke war seit drei Jahren in einem Mehrfamilienhaus im Nordviertel zu Hause. Mit der Zeit hatte sich eine im FreundInnenkreis viel beneidete Gemeinschaft zusammengefunden. Im Erdgeschoß des Fünffamilienbaus wohnte ein lesbisches Pärchen, darüber Silke mit ihrer Familie. Im zweiten Stock lebten Freunde mit zwei Kindern, in der dritten Etage ein älteres Ehepaar mit bereits erwachsenem Nachwuchs, das sich gern als Ersatzoma und -opa zur Verfügung stellte. Eine junge Studentin bewohnte das Apartment unter dem Dach.

»Ach, das habe ich dir ja noch gar nicht erzählt«, begann Silke, den neuesten Klatsch an die Frau zu bringen. Bis zum Neutor war sie mit ihren Geschichten kaum zum Ende gekommen. Beide hielten kurz an, um sich zu verabschieden. Silke fuhr weiter Richtung Kinderhauser Straße, und Edith bog rechts in die Lazarettstraße ein, von der es nur zwei Minuten bis zu ihrer Wohnung waren.

Aufatmend stellte Edith die Leetze in den Keller und rannte bis zur zweiten Etage hoch. Nach Luft schnappend, schloß sie die Wohnungstür auf und hängte die regen- und winddichte Jacke an die Garderobe im Flur. Vom Flur gingen fünf Türen ab: eine zur Küche, eine zum Bad, eine zum Schlafzimmer, eine zu Bennis und eine zu Lauras Zimmer. Die Küche in der Altbauwohnung war groß genug, um sie als Wohnraum mitzunutzen, so daß sie zwei Kinderzimmer und dafür kein Wohnzimmer besaßen. Aus dem Schlafzimmer hörte Edith das regelmäßige Schnarchen von Frank.

Schnell schaute sie nach den Kindern; beide schliefen tief und fest. Benni hatte wie immer seine Decke weggestrampelt. Behutsam deckte Edith ihn wieder zu und streichelte vorsichtig sein Gesicht. Sie war auf ihre beiden Kinder unglaublich stolz, was ihr in solchen Momenten immer zu Bewußtsein kam. Leise schlich sie in die Küche, goß sich eine Cola ein und machte es sich auf dem Sofa gemütlich. Sie sah die hellen, freundlichen Einbaumöbel mit den blauen Türen, die sie vor einem Jahr auf Franks Drängen hin endlich angeschafft hatten. Die alten Sperrmüll-Möbel waren wieder zu ihrem Ursprung zurückgekehrt. Seitdem stand auch Ediths Lieblingssofa in der Küche. Das hatte sie sich immer gewünscht: eine Küche mit viel Platz zum Essen und einer Ecke zum gemütlichen Kuscheln.

Sie genoß das kalte Getränk und dachte an ihre Arbeit der nächsten Tage. Wie sollte sie bloß die Recherche für die Mißbrauchsstory noch unterbringen?

Sie ging in den Flur und kramte aus dem Rucksack ihren Kalender hervor, der gleichzeitig auch ihr Arbeitsplaner war. Alle Tage prall gefüllt, aber wenn Karl ihr den Artikel für den *Computer*, ein Magazin aus München, abnahm, konnte sie einen Tag rausschinden. Morgen war Teamsitzung; vielleicht konnte sie Karl überreden.

Ein Lächeln breitete sich über ihrem Gesicht aus. Sie kannte Karl jetzt seit ihren Tagen als Praktikantin bei einer linken Tageszeitung. Im Laufe der Jahre hatte sie sein ruhiges Temperament zu würdigen gelernt. Er ließ sich selten aus der Ruhe bringen und war für Frank und sie ein unverzichtbarer Weggefährte. Da er keine Kinder hatte, arbeitete er in der Regel mehr als sie beide. Doch hatte er sich nie anmerken lassen, daß ihn das störte.

Im vergangenen Jahr hatten Frank und sie dann beschlossen, vom Einheitslohn abzugehen und Karl mehr auszuzahlen. Karl hatte sich gefreut, und sie und Frank hatten ihr schlechtes Gewissen etwas beruhigen können. Manchmal neidete Edith ihm die Möglichkeit, so ganz in der Arbeit aufzugehen und keine Kindersorgen am Hals zu haben, aber um nichts in der Welt wollte sie auf ihre kleinen Schätzchen verzichten – da war sie sich sicher. Mit einem großen Zug trank sie ihr Glas leer, stellte es in die Spülmaschine und ging ins Bad. Nach dem Duschen und Zähneputzen kroch sie zu Frank unter die Decke. Bevor sie noch weiter nachdenken konnte, fiel sie in einen tiefen Schlaf.

Nach viel zu kurzen sechs Stunden bemerkte Edith ein leichtes Rütteln an ihrer Schulter. Benni stand vor ihr: »Laura schreit.«

»Guten Morgen, mein Schatz.« Mit dieser Begrüßung zog Edith sich den Kleinen ins Bett und knuddelte ihn ordentlich durch. Benni quiekte vor Vergnügen, und Edith rüttelte gleichzeitig Frank wach. »Gehst du bitte mal Laura wickeln, sie schreit.«

Frank rappelte sich mühsam hoch, begrüßte Edith und Benni mit einem kurzen Kuß und stapfte Richtung Kinderzimmer, aus dem Lauras Brüllen immer durchdringender schallte.

»Komm, Benni, wir ziehen uns schon mal an, dann können wir beide das Frühstück machen.«

»Au ja«, freute sich der Vierjährige. Nichts war ihm lieber, als morgens mit seiner Mutter ein wenig Zeit allein in der Küche zu verbringen. An großzügigen Tagen deckte er dann auch den Tisch, wofür er von Edith und Frank immer ausgiebig gelobt wurde.

Nach dem üblichen Morgenchaos – Anziehen, Frühstücken, mit der Tagesmutter Absprachen treffen und Benni im Kindergarten absetzen – waren Frank und Edith pünktlich um halb zehn im Büro.

Karl erwartete sie bereits und deutete grinsend auf Franks Hemd: »Heute wieder Nutella genascht, wie?«

»Au Backe.« Frank verschwand im Toilettenraum. Edith holte die Unterlagen aus ihrem Büro, die sie für die Sitzung brauchte. Da Karls Büro etwas größer und zugegebenermaßen meist ordentlicher war als die beiden anderen Räume, diente es gleichzeitig als Sitzungszimmer. Deshalb stand dort auch ein runder Tisch mit vier Stühlen.

Karl kam mit der Artikelliste und drückte Edith ein Exemplar in die Hand, legte eins auf Franks Platz und setzte sich mit dem dritten auf seinen Stuhl.

Frank kehrte zurück, schaute sich um und ging wieder hinaus mit der Bemerkung: »Ach ja, der Anrufbeantworter.«

Edith und Karl feixten, denn diese Szene spielte sich jeden Mittwoch ab.

Zwei Minuten später gingen sie zu dritt die Aufstellung für die Woche durch. Als die Sprache auf den Artikel zum Thema ›Namen per Computer schaffen‹ für den *Computer* kam, wandte Edith sich an Karl. »Ich hatte das eigentlich übernommen, würde aber gern Zeit in eine andere Story stecken. Kannst du das für mich machen?«

Bevor Karl antworten konnte, fuhr Frank dazwischen.

»Wie? Welche andere Story? Davon weiß ich ja noch gar nichts.«

Mit einigen Sätzen erklärte Edith den beiden Kollegen die Idee, den Mißbrauchsfall in Ahlen unter die Lupe zu nehmen und eine größere Story daraus zu machen.

»Und wem willst du das anbieten?« Karl zog zweifelnd die Augenbrauen hoch.

»Ich habe schon mit Elvira Faber von der *Mona* gesprochen. Die haben starkes Interesse dran und zahlen auch gut. Ich soll heute ein Exposé schicken, und wenn sie ihr Okay gibt, wäre mein Vorschlag, daß ich mit Silke daran arbeite.« Edith blickte an Frank vorbei. Sie wußte, daß er Einwände haben würde.

In der Tat, Frank beugte sich vor: »Wieso denn mit Silke? Erstmal müssen wir das hier im Team aufteilen; Freie bekommen dann einen Auftrag, wenn von uns keiner mehr Zeit hat. Das war doch klar, oder?«

Bevor Edith ihre Position erklären konnte, sprang Karl ihr unerwartet zur Seite. »Mensch, Frank, was willst du denn? Du bist doch bis zum Rand mit Arbeit ausgelastet, und wenn ich die Story für den *Computer* übernehme, habe ich auch keine Luft mehr. Außerdem ist es bei dem Thema doch nur gut, wenn das Frauen machen.«

Edith nickte und war erleichtert, daß ihr die Grundsatzdiskussion um ›Team und Freie‹ erspart blieb. Frank murrte zwar noch »... und trotzdem ... Prinzip ...«, aber Karl war schon beim nächsten Thema.

Nach der Sitzung schrieb Edith das Exposé für die Frauenzeitschrift und faxte es der Redakteurin zu.

In den folgenden zwei Stunden erarbeitete sie einen Rechercheplan für den Artikel zum Fall Soltau, Blöcke mit verschiedenen Hintergrundinformationen und eine Gliederung für die Gerichtsreportage. Und tatsächlich bestätigte Elvira Faber den Auftrag. Das Exposé war ohne Änderungsvorschläge in der Redaktion angenommen worden.

Edith wählte Silkes Nummer, um die Arbeit mit ihr abzusprechen. Sie legten fest, daß Silke die Hintergründe bei der Selbsthilfegruppe *zart und wild* recherchieren, mit Helene Soltau ein Interview führen und zu Wilhelm Schraube Informationen sammeln sollte. Währenddessen würde sich Edith um Polizei, Staatsanwaltschaft und um das Münsteraner Jugendamt kümmern. Nach diesem Telefonat läutete Edith bei Marie durch.

»Ja, bitte?« Marie meldete sich direkt nach dem zweiten Klingeln, ein sicheres Zeichen dafür, daß sie am Schreibtisch saß und arbeitete.

»Hallo, Marie, du fleißige Wissenschaftlerin«, meldete sich Edith munter. »Ich wollte dir nur kurz Bescheid geben, wie wir in Sachen Willi Schraube weiter verfahren.«

»Sag an«, ermunterte Marie die Freundin.

»Also, Silke und ich werden uns die Arbeit aufteilen. Wir haben erstmal jede Menge Zeit, da wir die Artikel vor dem 1. Februar nicht abgeben müssen. Übrigens hat die Faber den Auftrag erteilt. Hoffentlich paßt der Termin der Gerichtsverhandlung in unsere Zeitplanung.«

»Das wäre natürlich spitze«, bestätigte Marie. »Ich freue mich, daß ihr beide so fleißig seid und sogar noch was verdienen könnt mit der ganzen Geschichte. Wir können ja Ende der nächsten Woche noch mal telefonieren. Ich fahre nämlich morgen an die Nordsee, genauer gesagt nach Langeoog, mal ein bißchen ausspannen.«

»Hast du's gut, zum Neidischwerden. Fährst du alleine, oder kommt dein Gspusi mit?«

Marie lachte. »Mein Gspusi kommt auch mit, sonst sehen wir uns ja überhaupt nicht mehr. Thomas holt mich morgen hier ab. Und wir werden eine Woche Zweisamkeit genießen können. Ist mal was Besonderes, und ich freue mich riesig, daß es endlich klappt – zum Glück sind ja noch Semesterferien.«

»Ach, ich gönne es euch von Herzen, und grüß den großen Forscher von mir, er soll sich nicht so rar machen.«

6.

Marie beendete ihre Schreibtischarbeit, füllte die letzten Formulare für die Sparkasse aus und überprüfte ihr Budget für diesen Monat. Seit sie auf der gut bezahlten Stelle an der Uni gelandet war, hatte sie eine Menge von ihrem Schuldenberg abbauen können, der sich während der Studienzeit angesammelt hatte. Mit etwas Glück war sie in zwei Jahren all ihre Hypotheken los – beim Bafög-Amt, bei der Therapeutin und bei diversen finanzstarken FreundInnen. Und trotz der ganzen Tilgungen hatte sie einiges für Urlaub und Fahrten nach München zurücklegen können. Die nächste Woche an der jodhaltigen Nordseeluft wollte sie in vollen Zügen genießen.

Abrupt stand sie auf und holte ihre Reisetasche vom Regal herunter. Schon längst wußte sie genau, was sie einpacken würde, so daß die Tasche in fünfzehn Minuten fix und fertig gepackt im Flur stand.

In der Nacht schlief Marie unruhig – das übliche Reisefieber machte ihr zu schaffen. Früh am nächsten Morgen stand sie auf, um die letzten Besorgungen zu machen, bevor Thomas gegen Mittag vor der Tür stand. Gerade verstaute sie ein bißchen Reiseproviant in einer kleinen Stofftasche, als es an der Tür klingelte. Anhand der eiligen Schritte erkannte Marie, wer da die zwei Stockwerke hochraste. Glücklich nahm sie Thomas in die Arme, drückte ihn ausgiebig und wurde mit einem langen Kuß belohnt.

»Hey, du tollste aller Frauen, fertig?« Thomas blickte zärtlich zu ihr hinunter.

»Na klar, du kennst mich doch.«

Gemeinsam hievten sie Maries Tasche in den Kofferraum, legten den Proviant auf die Rückbank und fuhren auf die A 1 Richtung Norden. Wie immer bei ihrem Wiedersehen hatten sie sich viel zu erzählen. Marie begann mit den Intrigen und dem üblichen Klatsch an der Universität und ereiferte sich über den Mangel an qualifizierten Stellen für die Frauenforschung – eines ihrer Steckenpferde.

»Letzte Woche habe ich gerade wieder eine Veröffentlichung über die Frauen im Mittelalter gelesen. Wußtest du, daß die Frauen im 13. und 14. Jahrhundert sehr viel mehr Kenntnisse über Verhütung und Sexualität hatten als unsere ach so aufgeklärte Generation? Es ist doch ein Skandal, daß für solche Forschungsgebiete überhaupt kein Geld vorhanden ist. Dafür können die Historiker dir aber die Waffengattungen aller Jahrhunderte der Menschheit im Schlaf aufsagen – für so einen militaristischen Scheiß sind Gelder ohne Ende vorhanden. Das ist doch eine schreiende Ungerechtigkeit. Wenn die Frauen von heute mehr über die Frauen aus den letzten Jahrhunderten wüßten, brauchten sie sich vielleicht nicht mehr jede neue Erkenntnis mühsam aus den Fingern zu saugen.«

»Aber das ist es doch genau.« Thomas wandte sich Marie zu, die trotz des spannenden Themas konzentriert und sicher den Wagen fuhr. »Tausende Jahre von Patriarchat funktionieren doch nur so, indem Mann die Frauen immer wieder unter den Tisch oder in diesem Fall aus den Aufzeichnungen fallen läßt. Wer könnte denn noch ernsthaft behaupten, daß der Platz der Frau an Heim und Herd zu sein hat, wenn all die Beispiele dokumentiert wären, wo die Menschheit sich nur durch kluge und beherzte Frauen weiterentwickelt hat?«

Marie seufzte. »Ja, trotzdem, warum kann es denn heute nicht schneller gehen mit der Emanzipation? Es ist doch offensichtlich, daß die Menschheit von den Frauen und ihrem Können profitieren kann. Trotzdem müssen sie sich jeden Zentimeter hart erkämpfen.«

»Na, du bist lustig, natürlich geben wir Männer unsere Privilegien nicht kampflos her. Sonst hätten wir sie doch schon längst nicht mehr.«

»Stimmt.« Marie mußte über sich selbst lachen.

Die Fahrt zur Fähre nach Langeoog verging wie im Flug. Als sie an Deck saßen, erzählte Marie Thomas von den neuen Entwicklungen im Fall Schraube und der Absicht ihrer beiden Freundinnen, ihn ›millionenfach‹ zu outen.

»Und«, fragte er mitfühlend, »wie geht es dir dabei?«

»Genau weiß ich das auch nicht. Zumindest hat es keine Panikattacken ausgelöst, und ich kann ziemlich ruhig darüber nachdenken. Mir macht nur der Gedanke zu schaffen, daß ich ihn damals nicht angezeigt habe. Ja, ich weiß«, wehrte sie Thomas' Einwurf ab, »es war nicht möglich, da mir keiner geholfen hat. Aber ein bißchen gelüstet es mich schon nach Rache.«

»Dafür hab ich vollstes Verständnis. Komm, laß uns ein andermal weiterreden und jetzt erstmal die Nordsee würdigen.«

Thomas zog Marie in seine Arme. Beide betrachteten einträchtig das Farbenspiel der rauhen See, die aufgewühlt und unruhig schien. Je nach Lichteinfall zeigte sie ihr düsteres graues und im nächsten Moment ihr freundliches blaugrünes Gesicht. Marie merkte, wie sich Münster, die Uni und Willi Schraube immer mehr entfernten, und wie sie sich zum ersten Mal seit Wochen völlig entspannt fühlte.

Am nächsten Abend saßen sie in Langeoogs Strandhotel, um sich ein leckeres Abendessen zu gönnen. Während sie auf die Nordseeschollen warteten, erzählte Marie ihrem Freund von ihren Zweifeln, ob sie für die Lehre überhaupt geschaffen war. Zumindest, solange sie diese besserwissenden, arroganten Typen in ihren Seminaren dulden mußte, deren einziges Anliegen darin zu bestehen schien, ihrer Dozentin zu beweisen, daß historische Frauenforschung unwissenschaftlich und ohne jede Existenzberechtigung sei. Marie hatte sich schon oft darüber geärgert, daß sie an ihrem Fachbereich keine Seminare unter Ausschluß der männlichen Studenten durchsetzen konnte.

Thomas nickte, das Problem war ihm aus früheren Gesprächen wohlbekannt.

»Im Sommersemester war es auch wieder so«, fuhr Marie fort. »Meine Mittelalter-Veranstaltung: ›Die Hexenverbrennungen im Münsterland‹ war ein ruhiges Proseminar, die StudentInnen fleißig und ernsthaft interessiert. Zu der zweiten Veranstaltung, über die Geschichte der Frauenberufsorganisationen in Deutschland, hab ich mir schon in der ersten Woche gratuliert: Dieses Thema interessierte keinen einzigen Mann!«

Sie erzählte Thomas, daß das in der Historie dieser Verbände zwar anders gewesen war, doch in ihrem Proseminar hatte kein einziger Vereinsmeier gesessen.

Aber das Hauptseminar! ›Jüdische Frauen im 19. Jahrhundert‹ schien ihr eine gute Gelegenheit, nicht nur das Leben bürgerlicher Frauen zu thematisieren, sondern auch die Geschichte des Antisemitismus in Deutschland. Doch leider gehörte der Antisemitismus in diesem Land immer noch nicht der Vergangenheit an, wie ein paar spezielle Kommilitonen in dem Seminar überzeugend bewiesen hatten. Es waren dieselben Nasen gewesen, die gleich in den ersten beiden Sitzungen erst mal geklärt haben wollten, wieso Mann sich eigentlich mit diesem Thema befassen müßte.

»Als sie die Diskussion in der dritten Woche erneut vom Zaun brechen wollten, habe ich ihnen freigestellt, den Seminarraum sofort und für den Rest des Semesters zu verlassen.« Marie grinste bei dieser Erinnerung. »Das hat gewirkt, denn Hauptseminar-Plätze sind ja rar an unserem Fachbereich. Leider habe ich nicht verhindern können, daß sich ausgerechnet diese Typen die ›Grundlagen des Antisemitismus im 19. Jahrhundert am Beispiel der historischen Forschung Heinrich von Treitschkes‹ als Referatsthema unter den Nagel gerissen haben.«

Über diesen Vortrag hatte sie sich damals ziemlich aufgeregt. Immer noch empört erzählte sie Thomas: »Es war einfach gruselig. Nicht nur, daß die Referenten keine persönliche Distanz zu Treitschkes Thesen hatten. Sie hatten diese auch noch frauenfeindlich weitergedacht und waren dementsprechend wieder bei ihrem Lieblingsthema gelandet, nämlich ob vor diesem Hintergrund überhaupt von der Notwendigkeit einer historischen

Frauenforschung die Rede sein könne. Es war ehrlich zum Aus-der-Haut-fahren!« Marie seufzte.

Thomas schaute sie nachdenklich an. »Weißt du, ich glaube, du solltest mit solchen Jüngelchen einfach viel härter umgehen. Wenn die nicht ordentlich wissenschaftlich arbeiten können und Treitschkes Thesen nicht in ihrem historischen Kontext sorgsam analysieren, können sie doch keinen Schein erhalten. Und wer dann auch noch von Treitschke den Bogen zur Frauenforschung schlägt, hat einfach das Thema verfehlt und damit die Voraussetzungen für den Seminarabschluß nicht erfüllt. Probier das mal, sonst hast du die noch jahrelang an den Fersen kleben.«

Marie kicherte. Richtig klebrig waren diese Typen tatsächlich gewesen. In der Tat hatten sie sich bereits wieder für das nächste Seminar bei ihr angemeldet.

»Das kann ich nicht machen«, überlegte sie. »Das heißt dann doch sofort am Fachbereich, ich würde Frauen bevorzugen.«

»Wieso?« Das sah Thomas ganz anders. »Manchmal seid ihr Frauen wirklich komisch. Würdest du denn bei den Studentinnen ein solch unwissenschaftliches Verhalten hinnehmen, ohne korrigierend einzugreifen?«

Marie schüttelte den Kopf. Das stimmte. Bei ihren Studentinnen war sie bekannt für strenge Maßstäbe. Hatte sie bei den Studenten innere Scheuklappen? Das mußte sie sich durch den Kopf gehen lassen.

Dankbar lächelte sie Thomas an. Sein kluger Rat hatte ihr schon öfter ein Stück weitergeholfen – wie er sich auch umgekehrt von ihr bei seiner Arbeit beraten ließ. Gemütlich ließen sie den Abend mit einigen Gläsern Wein ausklingen.

Die Woche verging rasend schnell. Lange Strandspaziergänge, ausgiebiges Saunen und Schwimmen im Hotel und leidenschaftliche Nächte taten ihr Übriges. Wie immer erholte Marie sich im rauhen Klima der Nordsee blendend und fuhr mit dem Gefühl zurück nach Münster, seit langer Zeit mal wieder völlig losgelassen zu haben und mit absoluter Entspannung belohnt worden zu sein.

Überhaupt: die Schule. Sie war schon immer gerne dorthin gegangen, und sie war eine gute Schülerin. Eine der besten. Wenn sie nicht umgezogen wären, hätte ihr Vater sie aufs Gymnasium geschickt, davon war sie fest überzeugt. Alle ihre alten Freundinnen gingen nun dorthin. Sie nicht. Ihr Vater war tot, und sie waren weggezogen. Der Pastor in der kleinen Stadt, bei dem die Mutter sich schulischen Rat besorgt hatte, hatte sie dahingehend beeinflußt, ihre Tochter zur Realschule zu schicken: »Die Kurze zum Gymnasium? Aber ich bitte Sie! Die heiratet doch sowieso mal, da lohnt sich das doch gar nicht. Geben Sie die ruhig in die Realschule, wenn sie 'ne gute Schülerin ist, da lernt sie schon, was sie braucht.«

Die Stadt war klein, und das ehrwürdige Gymnasium besuchten nur die Kinder der Pastoren, der Kaufleute, der Ärzte und der Lehrer. Die wohnten auch alle woanders. Das Mädchen kannte kein Kind in der Nachbarschaft, das zum Gymnasium ging. Sie war damals über den evangelischen Rat ziemlich sauer gewesen. Ihre guten Noten und ihre Intelligenz interessierten den gar nicht!

Mittlerweile wußte sie, daß Tischlerkinder hier nicht die Oberschule besuchten, und sie hatte sogar gehört, daß die bis vor kurzer Zeit noch in einen Zweig für Mädchen und einen für Jungen aufgeteilt gewesen war. Hatte man so einen Quatsch schon mal gehört?

Aber die Aufregung nützte ihr gar nichts. Sie kam auf die Realschule und war dort glänzend eingestiegen. Damit hatte sie aber auch fest gerechnet. Ihre alte Lehrerin hatte bereits eine sprachliche Begabung bei ihr vermutet, und die erste und später dann die zweite Fremdsprache fielen ihr ziemlich leicht und waren obendrein total interessant. Überdies hatte ihr früherer Besuch der städtischen Musikschule dazu geführt, daß sie nun im Musikunterricht immer wieder zum Vorsingen und -spielen ermuntert wurde – eine Stellung, die sie sehr genoß.

Als sich ihr Zuhause zu verändern begann, gewann sie die Schule noch lieber. Hier durfte sie lachen und Fehler machen, hier war sie anerkannt. Außerdem gab es da so einen süßen Jungen, der immer rot wurde, wenn sie mit ihm sprach. Wenn sie in seine unglaublich hellen blauen Augen schaute, wurde ihr ganz komisch ...

Mitte der sechsten Klasse war ihr dann der große Wurf gelungen: vier Einser! Ihre Zeugnisse waren immer gut, aber noch nie so toll gewesen. In allen ihren Lieblingsfächern hatte sie diesmal die beste Zensur erreicht, worauf sie mächtig stolz war. Die blöde Vier in Geschichte war da nur ein Schönheitsfehler. Zwar hatte sie noch nie eine Vier gehabt, aber der Geschichtsunterricht war fürchterlich langweilig gewesen. Sie hatten das ganze Jahr über Kirchenfenster zeichnen müssen, romanische, gotische, barocke. Der Lehrer, vermutlich wegen seines Postens als Rektor ein sehr strenger Mensch, hatte sie wegen ihres mangelnden Engagements kritisiert.

Insgeheim hatte sie ihm beigepflichtet. Da sie nie Glaserin hatte werden wollen, konnte sie sich bei diesen Fenstern einfach nicht richtig engagieren. Na ja. Bis zum Ende des Schuljahres würde sie das wieder ausbügeln.

Vier Einser! Sie war glücklich. Die Zeiten, als sie ihr Vater für gute Noten belohnt hatte, waren zwar vorbei. Doch war sie sich ziemlich sicher, daß dieses Zeugnis ihre Mutter nicht kaltlassen würde. Ihr Bruder war schulisch eine komplette Niete, und auch diesmal würde dieser Faulpelz wahrscheinlich wieder knapp an der Bemerkung »Versetzung gefährdet!« vorbeigerutscht sein. Vier Einser!

Ihr Zeugnis schlug tatsächlich ein wie eine Bombe. Als der Onkel es zu sehen bekam, schlug er sie windelweich. Als Vorgeschmack auf das, was ihr passieren würde, wenn sie noch einmal mit einer Vier nach Hause käme.

7.

Silke begann mit ihren Aufwärmübungen. Seit gut zehn Jahren ging sie nun einmal die Woche zum Jiu-Jitsu-Training, das in der nahegelegenen Turnhalle der Martin-Luther-Schule stattfand.

Seit sie nach einer Friedensdemonstration fast in eine Schlägerei von Fußballfans geraten war, hatte sie an ihrem Vorsatz festgehalten, sich nie mehr so hilflos fühlen zu wollen. Damals hatte sie mit Wut und Angst beobachten müssen, wie betrunkene Jugendliche eine Hetzjagd auf einen gegnerischen Fan veranstaltet und ihn brutal zusammengeschlagen hatten. Noch heute drehte sich ihr der Magen um, wenn sie an die eigene Machtlosigkeit dachte und das stumme Entsetzen der anderen ZuschauerInnen. Immer wieder war sie die Situation im Geiste durchgegangen, hatte sich geschämt, nicht eingegriffen zu haben, und gleichzeitig aber auch gewußt, daß sie vor Angst wie gelähmt gewesen war. Ein Jahr später hatte sie den Anschlag des Vereins gelesen, der Jiu-Jitsu-Training speziell für Frauen anbot. Seither hatte sie fleißig trainiert und nur während der Schwangerschaften mit dem Training ausgesetzt. Immerhin konnte sie bereits den schwarzen Gürtel vorweisen, und in zwei Jahren hoffte sie die Lehrbefähigung zu erhalten. Dann wollte sie in den Schulen Kurse für Mädchen anbieten.

Sie betrat die Matte mit der üblichen Verbeugung, begrüßte Trainerin und Kameradinnen und begann mit den Partnerinnenübungen.

Nach dem Training streckte sie sich wohlig unter der Dusche. Mittlerweile konnte sie sich gar keinen besseren Ausgleich für ihr Hausfrauendasein mehr denken. Und gerade im Moment genoß sie das Treten, Werfen und Schlagen – immer wieder standen ihr Willi Schraube und Maries Geschichte vor Augen. Hinzu kam, daß sie jeden Donnerstag hier all die Aggressionen verarbeiten konnte, die sich im Laufe der Woche angesammelt hatten. Das

Versorgen der Kinder, Olivers Probleme aus dem Amt anhören, ihn zum Verrichten bestimmter Haushaltsdienste antreiben und die Kümmernisse der drei Mädchen wahrnehmen. Silke war immer noch ausgesprochen gern zu Hause, wußte aber genau, daß sie das Hausfrauendasein nur deshalb aushielt, weil sie ihr Training hatte und diverse Jobs durch Edith bekam. Ansonsten wäre ihr wahrscheinlich die Decke auf den Kopf gefallen.

Entspannt und gelockert machte sich Silke auf den Heimweg und blieb nach zehnminütiger Radfahrt vor ihrer Haustür stehen. Das grüngestrichene Mehrfamilienhaus war ihr ans Herz gewachsen. Nach einem halben Dutzend Umzügen während der Studienzeit und zu Beginn ihrer Ehe mit Oliver hatte sie endlich das Gefühl, ein Zuhause gefunden zu haben. Hier wollte sie am liebsten alt werden, so der Hausbesitzer und die steigenden Mieten es zuließen.

Langsam stieg sie die Treppen hoch und schloß die Wohnungstür auf. Aus dem Wohnzimmer konnte sie den Fernseher hören. Ein Blick in die Kinderzimmer sagte ihr, daß die drei Mädchen fest schliefen. In der Küche holte sie sich ein Glas Mineralwasser, das sie mit zu Oliver nahm, den sie mit einem flüchtigen Kuß begrüßte. Mit einem heimlichen Seufzer betrachtete sie ihre gefüllten Bücherregale, ihr ganzer Stolz. Die mußten dringend mal wieder gründlich vom Staub gesäubert werden – eine Tätigkeit, die Silke am liebsten einem fleißigen Heinzelmännchen überlassen hätte. Am Samstag, dachte sie.

Der Film im Fernsehen war zu Ende und Oliver wieder ansprechbar.

»Wie war dein Training?« fragte er und musterte seine vom Sport noch erhitzte Frau. Manchmal konnte er kaum fassen, daß diese begehrenswerte und lebenslustige Frau schon seit zehn Jahren an seiner Seite lebte. Er selbst sah eher aus wie ein Durchschnittstyp: mittelgroß, mit vierzig Jahren bereits handfeste Ansätze der kommenden Glatze. Die Figur war auch nicht mehr so sportlich schlank, seit er mit dem Fußballspielen aufgehört hatte. Die Rundungen am Bauch und an den Hüften machten ihm in schlechten Stunden echten Kummer, was Silke jedoch immer mit einer Handbewegung wegwischte: »Du bist genau der Kerl, den ich als Liebhaber und als Vater für meine Kinder wollte. Und ich find es toll, wenn ich in deine Speckröllchen kneifen kann.« Oliver hatte geschmunzelt, Silke war echt einmalig.

»Wie immer«, murmelte Silke, die sich bereits mental auf das Staubwischen vorbereitete.

»Hör mal«, sagte Oliver, »ich mach mir Sorgen um Anna.«

Sofort wurde Silke putzmunter. »Wieso?«

»Sie ist jeden Abend total erschöpft. Um sieben Uhr fällt sie ins Bett, und sie ist auch wieder sehr blaß. Außerdem erzählt sie mir Geschichten vom Schulhof, wo ich bald nicht mehr weiß, was ich dazu sagen soll. Da gibt es irgendeinen Jungen, der sie schubst oder hänselt oder am Tornister zerrt. Ich hab das Gefühl, die Pausen sind wesentlich schlimmer als der Unterricht«, fuhr Oliver fort und blickte Silke ratlos an.

Die nickte. Seit Anna im August in die Schule gekommen war, wirkte sie oft überanstrengt – und das schien nicht am Lernstoff zu liegen. Auch die Lehrerin mochte sie sehr. Das Problem waren die Rangeleien auf dem Schulhof. Der bot aber auch wirklich kaum Möglichkeiten für die Kinder, ihre Aggressionen und den Frust irgendwo anders auszulassen als an den MitschülerInnen. Anna hatte sich auch bei ihrer Mutter schon oft über einige Jungen beklagt, die sie immer ärgerten. Silke spürte wieder, wie weh es ihr tat, der Tochter solche Erfahrungen nicht ersparen zu können.

»Und was hast du ihr gesagt?« Fragend schaute sie zu Oliver.

»Ich habe ihr gesagt, wir würden mal mit der Lehrerin sprechen.«

Silke stöhnte. Typisch Oliver. Gleich der Gang zu den Autoritäten.

»Ach Olli, das ist doch Quatsch. Anna muß lernen, sich zu wehren, und wenn sie es nicht alleine schafft, muß sie sich Hilfe organisieren. Ich habe ihr schon so oft gesagt, sie soll sich die anderen Mädchen aus der Klasse zu Hilfe holen oder zur Pausenaufsicht gehen.«

»Aber sie sagt, das kann sie nicht. Manchmal wäre kein anderes Mädchen oder eine Lehrerin der Nähe«, verteidigte sich Oliver hitzig.

»Dann muß sie schreien, das kann sie doch. Sie traut es sich nur nicht. Aber es ist wichtig, daß sie sich dazu durchringt.« Silke blickte beschwörend zu Oliver, dem nicht wohl in der Haut zu sein schien.

»Sag mal, du hast doch wohl nichts versprochen, oder?« Silke schwante Böses.

Oliver nickte, trotzig und ein bißchen kleinlaut bekannte er: »Doch, ich habe gesagt, du gehst morgen mit ihr zur Schule und machst mit der Lehrerin einen Termin aus.«

»Sag mal, du spinnst wohl?« Silke wurde immer erregter. »Ich habe morgen extra Elke gebeten, vormittags auf Susanne aufzupassen, weil ich wegen der Recherche einen Termin bei *zart und wild* habe, das habe ich dir doch erzählt. Und außerdem habe ich dir schon tausend Mal gesagt, du sollst nicht über meine Zeit verfügen.«

»Diese blöde Geschichte für Marie kann doch nicht wichtiger sein als unsere Tochter«, entfuhr es Oliver genervt.

»Darum geht es doch gar nicht! Außerdem ist das keine blöde Geschichte. Es geht um Mißbrauch, von dem deine drei Töchter auch mal betroffen sein können ... Scheiße, ich diskutiere das jetzt nicht weiter mit dir. Entweder sagst du Anna morgen früh, du hättest dich vertan, oder du bringst sie selbst zur Schule und machst mit Frau Bauer einen Termin aus.«

Stinkwütend und auch enttäuscht über Olivers Einschätzung einer Arbeit, die ihr selbst sehr am Herzen lag, stand Silke auf, brachte ihr Glas in die Küche und machte sich bettfertig.

Oliver ging nach ihr ins Bad und kroch dann vorsichtig unter ihre Decke.

»Tut mir leid, du hast recht. Ich weiß, daß dir diese Story besonders wichtig ist. Ich habe einfach nicht darüber nachgedacht. Ich wollte nur Anna so schnell wie möglich helfen. Ich bringe sie morgen selbst zur Schule und spreche mit der Bauer, okay?«

Silke knurrte und drehte sich um. Doch als sie in Olivers zerknirschtes Gesicht sah, konnte sie nicht länger sauer bleiben und mußte grinsen.

»Der bewegte Mann live, was?« frotzelte sie. »Komm her, du Chaot, ich liebe dich.« Versöhnt schliefen sie aneinandergekuschelt ein.

Am nächsten Morgen stand Silke am Küchentisch, den sie mit einem Tuch abwischte.

Also: Anna ist bis halb eins in der Schule. Sybille hole ich um zwölf vom Kindergarten ab, und Susanne bleibt bis eins bei Elke. Einkaufen muß ich Milch – hm, was koche ich denn? Gnocchi, ja, die gehen schnell. Und an der Grevener Straße ist ein Italiener. Also noch Sahne, Milch, Brot und die Gnocchi, okay. Den Rest holt Olli morgen.

Ein Blick auf die Uhr sagte ihr, daß es höchste Zeit war, sich auf die Leetze zu schwingen, um pünktlich den Termin mit der Frau von *zart und wild* wahrzunehmen. Am Telefon hatte Frau Roth sehr nett, wenn auch etwas gehetzt geklungen.

Silke schnappte sich die Einkaufstasche und zog den leichten Anorak über. Zwei bis drei Stufen auf einmal nehmend, lief sie die Treppe hinunter, schloß den Keller auf und trug ihr Fahrrad auf die Straße.

Pünktlich um neun Uhr stand sie vor der Beratungsstelle *zart und wild* an der Grevener Straße und fand nach einigen Mühen auch das Büro von Anabel Roth. In Gedanken sortierte Silke, was sie von *zart und wild* wußte: Eine Selbsthilfegruppe, Mitte der 80er Jahre von Betroffenen gegründet, inzwischen bundesweit anerkannt, aber auch angefeindet, immer knapp mit Geld. Soweit sie das beurteilen konnte, leisteten die MitarbeiterInnen eine hervorragende Arbeit mit Betroffenen.

Kräftig klopfte sie an die Bürotür mit der Milchglasscheibe und öffnete sie auf das deutliche »Herein«. An einem Couchtisch rechts von der Tür saß eine schlanke

Frau mit blondem Kurzhaarschnitt im Gespräch mit einem jungen Mädchen. Wände mit Regalen, prall gefüllt mit Aktenordnern, Broschüren und Büchern. In der Mitte des Raumes standen sich zwei Schreibtische gegenüber, die bereits bessere Zeiten gesehen hatten, nebst zwei altgedienten Drehstühlen.

Die Frau stand auf und kam Silke mit ausgestreckter Hand entgegen: »Frau Odenthal, nehme ich an?« Auf Silkes Nicken fuhr sie fort. »Mein Name ist Anabel Roth. Dies ist Gudrun, unsere Praktikantin. Wenn Sie nichts dagegen haben, wird sie an unserem Gespräch teilnehmen.«

»Nein, ganz und gar nicht.« Silke begrüßte das Mädchen, das sich inzwischen ebenfalls erhoben hatte. Alle drei nahmen in der Sitzecke um den Couchtisch herum Platz.

»Frau Odenthal, bitte sagen Sie uns kurz, worum es Ihnen genau geht. Außerdem muß ich Sie darauf aufmerksam machen, daß ich höchstens zwei Stunden Zeit habe, dann fängt die Beratungsstunde an. Ist das in Ordnung?«

Silke bejahte und schilderte kurz den Fall Soltau, der der Beraterin bekannt zu sein schien, und ihre Absicht, für einen Artikel in einem Frauenmagazin Hintergrundinformationen zu sammeln. Sie holte ihr Aufnahmegerät aus der Tasche und stellte es auf den Tisch, wobei sie versprach, daß der Text, der veröffentlicht werden sollte, der Beratungsstelle noch einmal vorgelegt werden würde.

»Ich weiß, daß Sie schlechte Erfahrungen mit der Presse gemacht haben, vor allem mit dem *Brennglas*. Deshalb möchte ich mich besonders fair verhalten.«

Das bekannte Nachrichtenmagazin hatte erst vor einigen Wochen eine Hetzkampagne mit dem Titel ›Der Mißbrauch mit dem Mißbrauch‹ gestartet, in der Beratungsstellen wie *zart und wild* vorgeworfen wurde, völlig unprofessionell zu arbeiten und sich am Leid der Mißbrauchsopfer zu bereichern. Die Artikel waren schlecht recherchiert, Zitate von Mitarbeiterinnen der Beratungsstellen aus dem Zusammenhang gerissen und verdreht dargestellt worden. Die Autorin einiger Artikel hatte sogar von einer Mißbrauchsindustrie gesprochen. Die Kampagne hatte viel Staub aufgewirbelt und den Beratungsstellen die Bereitschaft, mit der Presse zusammenzuarbeiten, gründlich vermiest.

Anabel Roth nickte zustimmend und schaute Silke erwartungsvoll an. Sie kamen überein, sich zu duzen, was in der durch die Hochschule geprägten Stadt normal war.

»Anabel, wenn ich als Mutter den Mißbrauch meiner Tochter entdecke, was kann ich am besten tun?«

»Als erstes Ruhe bewahren und das Mädchen nicht mit allen möglichen Vorschlägen bombardieren. Im Kopf muß klar sein, daß das Mädchen vor allem Opfer ist und Ruhe braucht. Die kann ihr nur von außen gegeben werden, denn sie selbst hat mit dem Täter genug Alpträume erlebt. Am besten wäre es, sich bei einer Beratungsstelle zu informieren, was für Schritte man einleiten kann. Dazu gibt es uns und ähnliche Vereine in fast allen großen Städten, aber auch Jugendamt und Polizei können Auskunft geben. Soll es zu einer Anzeige kommen, sind entsprechende ärztliche Untersuchungen vonnöten.«

»Ratet ihr den Opfern, Anzeige zu erstatten?«

»Da gibt es keine feste Regel. Natürlich ist es gut, wenn die Täter angezeigt und bestraft werden. Allerdings ist das ganze Procedere noch immer für die Opfer eine unglaubliche Tortur. Sie müssen sich ärztlich und psychiatrisch untersuchen lassen, vor mindestens fünf Leuten den Tathergang schildern und ihre Glaubwürdigkeit prüfen lassen. Das ist für manche Opfer ein weiteres Trauma, das zum Mißbrauch hinzukommt. Es gibt Bestrebungen, dieses Verfahren zu ändern. Allerdings wird in absehbarer Zeit wohl nichts passieren, denn die Ämtermühlen mahlen langsam. Deshalb raten wir eher von einer Anzeige ab, auch wenn dann die Täter ungeschoren bleiben.

Uns geht es in erster Linie um die Opfer, sie brauchen unser Verständnis und unsere Hilfe. Hinzu kommt, daß sich die Anzeige kaum lohnt. Die meisten Täter sind nicht vorbestraft und kommen mit Bewährung davon. Sexueller Mißbrauch wird in diesem Land nicht mal so hart geahndet wie wiederholter Autodiebstahl.«

»Aber wie kann man denn den Mißbrauch verhüten, wenn die Strafen nicht abschrecken?«

»Verhüten können wir ihn am ehesten dadurch, daß wir die Augen aufhalten und den Opfern Hilfe anbieten. Das funktioniert ähnlich wie beim Thema Ausländerfeindlichkeit. John F. Kennedy hat in seiner Amtszeit mal den Begriff ›Zivilcourage‹ verwendet, um die AmerikanerInnen aufzufordern, sich in die öffentliche Diskussion einzumischen. Genau das fehlt doch auch hier bei uns. Wir schauen zu, wie AusländerInnen in diesem Land um ihr Leben bangen müssen, wenn sie nachts oder in bestimmten Vierteln unterwegs sind. Und wir sollten uns auch im Zusammenhang mit Problemen in der Familie Zivilcourage antrainieren, dann können wir eingreifen, wenn es nötig ist. Es gehört ein unglaublicher Mut dazu, zum eigenen Bruder oder zur Schwägerin zu sagen: Du, mit deiner Tochter oder deinem Sohn stimmt was nicht. Oder dem Kind zu glauben, dessen Eltern man seit Jahren kennt und das zu einem sagt: ›Der Papa macht manchmal so komische Sachen.‹ Das ist nicht einfach.«

Die zwei Stunden vergingen wie im Fluge. Silke ließ sich die Arbeit der Beratungsstelle genau erklären und nahm einige Broschüren als ergänzende Lektüre mit. Anabel Roth hatte sich als äußerst kompetente, sympathische und engagierte Gesprächspartnerin erwiesen.

Zum Schluß hatte Silke gefragt, ob sie denn mal Zeit für ein privates Bier hätte. Anabel hatte gelacht: »Wenn es kein Bier sein muß, das mag ich nämlich nicht. Gerne.«

Diese Frau, die an so einem Thema tagein, tagaus arbeiten konnte und gleichzeitig soviel Herzenswärme und Humor ausstrahlte, wollte Silke gern genauer kennenlernen.

Vergnügt trotz des rauchenden Schädels ob der vielen Informationen radelte Silke zum Italiener. Für die nächste Woche hatte sie einen Termin mit Mutter und Tochter Soltau vereinbart. Frau Soltau war zwar nicht begeistert von dem Gedanken gewesen, mit der Presse zu reden. Aber mit Engelszungen hatte Silke sie überzeugen können, daß sie einen fairen Artikel ohne voyeuristische Formulierungen schreiben würde. Sie hatte versprochen, daß Frau Soltau den Artikel ebenfalls lesen durfte, bevor Silke ihn der Redaktion in Hamburg schickte.

8.

Edith streckte sich und stand von ihrem Schreibtisch auf, um ein paar Übungen zur Lockerung der Nackenmuskulatur zu machen. Seit drei Tagen hatte sie wie verrückt zum Thema ›Computerunterstütztes Marketing‹ recherchiert und geschrieben. Nun lag der Artikel fix und fertig vor ihr. Wenn Karl noch mal drübergesehen hatte, konnte sie ihn morgen per elektronischer Post in die Redaktion schicken.

Durch die intensive Arbeit hatte sie anderthalb Tage Zeit für die Recherche zum Fall Soltau rausgeschunden. Also genügend Spielraum, um beim Jugendamt persönlich vorbeizugehen.

Sie kündigte sich dort telefonisch für den nächsten Tag an und vereinbarte einen Termin mit einer Frau namens Corinna Brandt.

Den Kontakt zur Staatsanwaltschaft mußte Schmidtchen herstellen; das konnte sie ebenfalls telefonisch erledigen. Sie griff zum Telefon, gab Schmidtchens Nummer ein und lümmelte sich an ihrem Schreibtisch, Stift und Papier bereithaltend.

»Schmidtchen, hallo, hast du das Essen von letzter Woche schon verdaut?«

Als sie in der vergangenen Woche zusammen im Lortzingsaal diniert hatten, hatte er ihr gestanden, sich mit seinen 38 Jahren in die siebzehnjährige Tochter seiner Nachbarn verliebt zu haben. Edith hatte ihm daraufhin gründlich den Kopf gewaschen. Mit der Bemerkung »Manchmal denkt ihr Männer eben doch nur mit dem Schwanz« hatte sie sich all seine Sympathien verscherzt. Eine heftige Diskussion war die Folge gewesen, in deren Verlauf sie sich abwechselnd mit »Hirni«, »Emanze«, »Pädophiler« und »Zicke« beschimpft hatten.

Irgendwann hatte der Alkohol sein Bestes getan, die Wellen wieder zu glätten, doch Edith hatte sich fest vorgenommen, jegliche Freundschaft zu kündigen, wenn er tatsächlich etwas mit der Siebzehnjährigen anfangen würde. Da hörte doch alles auf.

»Hmmm«, grunzte Martin Schmidt in den Hörer. »Du willst doch wohl nicht die Diskussion von letzter Woche weiterführen, oder? Dazu habe ich nichts mehr zu sagen, und mit wem ich ins Bett gehe, ist meine Sache.«

»Dann erzähl mir auch nichts von deinem Liebesleben, sondern behalt's für dich«, konterte Edith. Also hatte er doch. Typisch, er hatte seinen Grips eben doch in der Hose. Das ist das letzte Mal, daß ich mit dir rede, schwor sie sich.

»Komm, Schmidtchen, ich brauch nur 'ne kurze Auskunft von dir, dann lasse ich dich wieder in Ruhe deinem Beamtenschlaf frönen. Kannst du mir sagen, wer bei der Staatsanwaltschaft für Soltau zuständig ist?«

Nach einigem Gebrumme und Gestöhne von wegen »Freundschaft ausnutzen« rückte er mit den gewünschten Informationen heraus. Der Abschied fiel kühl aus.

Schade, kein heißer Draht mehr zur Polizei, dachte Edith. Ich muß mir dringend mal einen fraulichen Kontakt organisieren.

Als nächstes wählte sie die Nummer des zuständigen Staatsanwalts. Nach einigen Hin- und Herverbindungen landete sie jedoch bei Walter Sonker, dem Pressesprecher der Münsterschen Staatsanwaltschaft.

»Herr Sonker, mein Name ist Edith Kampen. Ich schreibe für die Zeitschrift *Mona* einen Artikel über sexuellen Mißbrauch. Als aktuellen Aufhänger würde ich gern den Ahlener Fall Soltau nehmen. Vielleicht können Sie mir dazu ein paar Fragen beantworten.«

»Schießen Sie los, junge Frau«, gab sich der Pressesprecher jovial. »Soweit es die Ermittlungen nicht behindert, gebe ich Ihnen gern Auskunft.«

»Herr Sonker, mir liegen folgende Fakten vor: Wilhelm S. mißbraucht eine Vierzehnjährige. Es wird Strafanzeige gestellt. Er befindet sich auf freiem Fuß, obwohl er sowohl die Mutter als auch das Mädchen an dem Abend lautstark bedroht hat. Warum?«

»Frau Kampen, der Mann hat sich in seinem ganzen

Leben nichts zuschulden kommen lassen. Er hatte bereits am nächsten Tag wieder einen festen Wohnsitz. Außerdem war er sehr kooperativ und gleich zu einer Aussage bereit. Seine Version hört sich natürlich etwas anders an als das, was Mutter und Tochter erzählt haben.«

»So?« Ungläubig horchte Edith in den Hörer. Wollte er ihr das jetzt etwa erzählen?

»Ich kann Ihnen natürlich keine Details der Aussage wiedergeben. Aber Sie können sich ja denken, daß es für eine Vierzehnjährige nicht so leicht ist, den neuen Freund der Mutter zu akzeptieren. Und manchmal möchten solche Mädchen ja auch ausprobieren, ob sie der Mutter den Freund nicht ausspannen können. Habe ich alles schon erlebt.«

Edith mochte es kaum glauben. Fassungslos starrte sie aus dem Fenster, ohne das sonnige Herbstwetter wahrzunehmen. Der nahm ja tatsächlich Partei für den Täter.

»Frau Kampen, hallo, sind Sie noch dran?«

Edith schluckte und räusperte sich, um wieder zu ihrem professionellen Journalistinnenton zu finden. »Was ist, wenn Schraube die beiden wieder bedroht?«

»Woher haben Sie denn den Nachnamen?« Sonker wurde hellhörig.

»Berufsgeheimnis«, flötete Edith ihm mit Genugtuung ins Ohr.

»Na gut, kann ich ja nun nicht ändern, daß Sie das wissen. Also, der Mann hat strikte Auflagen, sich den beiden in keiner Weise zu nähern. Tut er das, wird er sofort in Haft genommen.«

»Bis es zu spät ist«, murmelte Edith erbost.

»Wie bitte? Ich habe Sie nicht verstanden ...«

»Ach nichts, nur eine kurze Notiz, die ich mir aufgeschrieben habe. Wie geht es denn jetzt weiter?«

»Nun, die Anklage läuft und wird irgendwann, wahrscheinlich in gut zwei Monaten, verhandelt. Das letzte Wort hat der Richter.«

»Ist die Verhandlung öffentlich? Und wie kann ich den Termin erfahren?«

»Das weiß ich nicht. Die Verhandlung findet in Ahlen

statt. Wann genau, und ob sie öffentlich ist, können Sie dort erfahren.«

»Schönen Dank, Herr Sonker, daß Sie mir meine Fragen beantwortet haben. Ich frage dann in Ahlen nach.«

Edith knallte den Hörer auf die Gabel. Dem war genau anzumerken gewesen, wie er über den Fall dachte. Hoffentlich hatte die Kleine mit dem Richter oder der Richterin und dem Rest der Bagage in Ahlen mehr Glück.

Jetzt wurde es aber Zeit. Um vier Uhr hatte sie sich mit Frank am Kindergarten verabredet.

Nach einem ruhigen Wochenende mit Radfahren und Schwimmen stand Edith am Montag vor dem Jugendamt. Frau Brandt hatte sich zwar am Telefon ausgesprochen nett angehört, doch Ediths Erfahrungen mit dem Jugendamt waren eher negativer Natur.

Vor zwei Jahren hatte Bennis Kindergarten einen neuen Leiter bekommen. Zu jener Zeit war gerade ein Fall durch die Presse gegangen, bei dem Kinder in einem Kindergarten von ihrem männlichen Erzieher mißbraucht worden waren. In ihrer Sorge waren Edith und zwei weitere Mütter zu dem neuen Kindergartenleiter gegangen und hatten mit ihm über das Thema und sein Verhalten gegenüber den Kindern sprechen wollen. Das Gespräch war auch ruhig und in einer verständnisvollen Atmosphäre verlaufen, bis der Mann erzählte, er lege sich beim Mittagsschlaf manchmal neben die Kinder, um sie zu beruhigen. Spontan hatte Edith gesagt, das wolle sie aber nicht für ihren Sohn und das wäre ihres Erachtens auch nicht notwendig, da Benni sowieso nur immer eine halbe Stunde ausruhe. Sie hätte nicht sagen können, warum ihr das so wichtig war. Aber vom Gefühl her fand sie es schrecklich, daß dieser Mann neben ihrem Benni liegen sollte. Der Leiter hatte sich das angehört und versprochen, sich in Zukunft anders zu verhalten.

Doch zwei Tage später flatterte Edith ein Brief ins Haus, den der Typ ans Jugendamt geschrieben und ihr zur Kenntnisnahme geschickt hatte, daß er sich gegen den Verdacht des Mißbrauchs verwahre und sich nicht in seiner Tätigkeit als Kindergartenleiter einschränken lassen wolle.

Empört hatte Edith darauf gedrängt, daß ein Gespräch mit den Erzieherinnen, den ElternvertreterInnen und dem Jugendamt zustande kam, was natürlich in eitel Harmonie und gegenseitigen Verständnisbekundungen geendet hatte. Bei diesem Gespräch hatte sie den Leiter der Abteilung Kindergärten des Jugendamtes, Herrn Hülle, kennengelernt. Er war ein älterer Mann und aufgetreten wie die letzte autoritäre Bastion in einem dem Untergang geweihten Land.

Ein fieser Typ – Edith schüttelte sich bei der Erinnerung; hoffentlich war die Frau anders.

Der erste Eindruck verwischte alle Bedenken. Corinna Brandt war in Ediths Alter, das schöne Gesicht umrahmt von einer gewaltigen rotlockigen Mähne, und die grünen Augen vermittelten Humor und Anteilnahme – eine Person, die Edith den Atem raubte. Mit einer solchen Powerfrau hatte sie auf diesem Amt nicht gerechnet. Wo versteckten sich nur all die Klassefrauen in dieser Stadt?

Auch Frau Brandt hatte nur wenig Zeit – dreißig Minuten.

Zügig begann Edith das Interview: »Frau Brandt, haben Sie in Ihrem Amt oft mit dem Thema ›Sexueller Mißbrauch‹ zu tun?«

»Zu oft. Sehen wir uns mal die Zahlen an: Die Dunkelziffer eingerechnet, sind wohl ungefähr jedes dritte Mädchen und jeder siebte Junge betroffen. Wir haben hier in Münster im Monat mindestens drei bis vier Anfragen. Wenn es sich um Opfer handelt, setzen wir uns mit *zart und wild* in Verbindung, weil die bessere Arbeit leisten, als wir es je könnten. Handelt es sich um Verdächtigungen, gehen wir der Sache vorsichtig nach.«

»Was heißt Verdächtigungen?«

»Wir bekommen Hinweise von LehrerInnen oder ErzieherInnen, manchmal auch von Familienangehörigen. Diesen Hinweisen müssen wir nachgehen. Aber das ist nicht so einfach, denn in der Regel benötigen wir die

Mitarbeit eines Elternteils, wenn nicht offensichtlich akute Gefahr für das Kind vorliegt.«

»Aber ist diese akute Gefahr nicht immer bei Mißbrauch gegeben?«

»Ja und nein.« Corinna Brandt sah Edith offen ins Gesicht. »Sehen Sie, oft geschieht der Mißbrauch ja schon jahrelang, und so hart sich das anhört, auf ein paar Wochen mehr oder weniger kommt es da nicht an. Für uns ist das auch schlimm, aber stellen Sie sich mal vor, wir nehmen Kinder mit dem Verdacht aus der Familie, daß sie vom Vater mißbraucht werden. Im Nachhinein stellt sich heraus, es war nicht der Vater, sondern der Schwimmtrainer, oder es war gar kein Mißbrauch. Die Familie ist für alle Zeiten gebrandmarkt, die Kinder haben ungeheuren Schaden erlitten. Wenn wir eingreifen, müssen wir absolut sicher sein. Und diese Sicherheit ist schwer zu bekommen, wenn nicht die Kinder ganz klare Aussagen machen oder uns ein Elternteil unterstützt. Sonst sind wir in der Regel machtlos.«

»Gibt es denn Hinweise, die sich im Nachhinein als unbegründet erweisen? Niemand geht doch leichtfertig mit einer solchen Anschuldigung um.«

»Von leichtfertig habe ich auch nicht gesprochen. Aber sehen Sie, Frau Kampen, wir haben z. B. Kolleginnen, die machen eine Fortbildung zu dem Thema mit. Sie kommen äußerst betroffen zurück und achten auf jedes Anzeichen. Mir ist es am Anfang selbst so gegangen. Nach einer Zeit gibt sich das wieder, und es wird mit mehr Professionalität an die Sache herangegangen. Aber natürlich kann es in einer solchen Phase schon mal zu falschen Verdächtigungen kommen, weil voreilige Schlüsse gezogen werden und wir ja alle gern die Kinder schnell schützen wollen. Das ist selten, kommt aber vor und steht in keinem Verhältnis zu den Erwachsenen, die lieber ganz die Augen zumachen und vorgeben, nichts zu merken. Die sind weit in der Überzahl.«

Edith verließ das Jugendamt und betrat die Warendorfer Straße. Genaues Hinsehen – aber wie denn, wenn alles heimlich geschah? Wenn niemand in der Nähe war? Wenn alles so unglaublich und unaussprechlich war? – Erschrocken fuhr Edith zusammen, als einige RadfahrerInnen sie energisch anklingelten. Jetzt wäre sie beinah auf der Fahrbahn gelandet. Wo war sie nur mit ihren Gedanken?

Sie holte Laura von der Tagesmutter ab und hielt einen kleinen Schwatz. Dann düste sie zu Bennis Kindergarten. Da das Wetter schön war, packte Edith Laura in ihren Buggy und kurvte mit den beiden Kindern zum nahegelegenen Spielplatz.

An der Sandgrube kam sie mit einer anderen Mutter ins Gespräch, die ihr Leid klagte: von der Hausarbeit, dem Mann, der nicht mit anpackte, und wieviel Arbeit zwei kleine Kinder machen. Verständnisvoll hörte Edith zu. Die meisten Klagen kamen ihr bekannt vor, hatte sie doch selbst tagtäglich ähnlichen Streß um die Ohren. Es stellte sich heraus, daß die gequälte Mutter vor Jahren ein Jurastudium angefangen hatte, es dann aber wegen der ersten Schwangerschaft abgebrochen hatte.

»Und?« Edith wurde neugierig. »Wollen Sie das Studium irgendwann zu Ende bringen?«

Die Frau zuckte mit den Achseln. »Eingeschrieben bin ich ja noch, aber erstmal müssen die Kinder aus dem Gröbsten raus sein.«

Wann immer das sein mag, dachte Edith bei sich. Sie kannte Mütter, die fanden, daß ihre Kinder mit sechzehn noch nicht ein paar Stunden allein zu Hause verbringen konnten.

»Sind Sie denn berufstätig?« wollte die ehemalige Jurastudentin wissen.

»Ja, ich bin Journalistin«, antwortete Edith, die schon ahnte, was jetzt auf sie zukam. Tatsächlich, die obligatorische Frage: »Und die Kinder?« folgte prompt.

»Wir haben eine tolle Tagesmutter für die Kurze, und Benni geht jeden Tag von 9 bis 16 Uhr in den Kindergarten.«

»Ach, eine Tagesmutter. Das könnte ich ja nicht, meine Kinder von jemand anderem aufziehen lassen.«

»Och«, meinte Edith, »die Tagesmutter macht das ganz toll. Sie verdient sich ein bißchen Geld, und wir sind beide ganz glücklich, ich meine, der Vater natürlich auch. Und außerdem«, fügte sie boshaft hinzu, »ich könnte nicht jahrelang von dem Geldbeutel meines Mannes abhängig sein.«

Edith war kein bißchen erstaunt, daß ihre Gesprächspartnerin nun schnell einen Vorwand suchte zu verschwinden. Ist ja leicht auf einem Spielplatz; eins von zwei Kindern braucht immer etwas. Aber Edith hatte solche Diskussion schon oft geführt und es sich angewöhnt, den Frauen ihren Standpunkt nicht vorzuenthalten.

Entschlossen nahm sie Laura hoch, säuberte sie vom gröbsten Sand und rief nach Benni, der noch zweimal Rutschen rausschinden konnte. Vergnügt und müde machte sich das Dreiergespann auf den Heimweg.

9.

Es regnete Bindfäden. Silke war froh, daß sie Oliver für heute das Auto abgeschwatzt hatte, denn bei dem Wetter wäre die Busfahrt nach Ahlen bestimmt kein Zuckerschlecken geworden. Oliver hatte zwar einen Termin in Köln, konnte jedoch von ›Metropole‹ zu Metropole viel besser öffentlich nahverkehren als sie auf der Strecke von Münster nach Ahlen.

Pünktlich um halb elf stand sie vor dem Soltauschen Haus in der Nähe einer ehemaligen Bergarbeitersiedlung.

Helene Soltau öffnete ihr die Haustür und bat sie in die Stube.

»Wiebke kommt gleich von der Schule, sie hat heute früher Schluß«, erklärte die rundliche Mittvierzigerin. Für eine Kneipenwirtin sah sie mächtig solide aus, dachte Silke bei sich. Wir haben ja keine Vorurteile, spottete sie gleich darauf innerlich.

Helene Soltau schien Gedanken lesen zu können. »Ich weiß, ich sehe nicht aus wie eine, die 'ne Kneipe führt«, meinte sie verschmitzt. »Aber Sie sehen auch nicht wie 'ne Journalistin aus dem Fernsehen aus.«

Silke schaute verdutzt an sich hinunter und mußte dann lachen. Wie gewöhnlich hatte sie sich Leggings und Pullover angezogen, und nicht gerade die neuesten Vertreter ihrer Sorte.

»Na, dann sind wir wohl quitt«, strahlte sie Frau Soltau an. Damit war das Eis gebrochen, obwohl Helene Soltau sich doch genötigt sah, Silke an das gegebene Versprechen zu erinnern.

»Es bleibt doch dabei, daß ich den Artikel vorher lesen darf, oder?«

Silke nickte zustimmend und versicherte, sie könne sich drauf verlassen. Etwas nervös, welchen Einstieg sie am besten wählen sollte, zögerte sie noch mit ihren Fragen.

Helene Soltau kam ihr zuvor. »Ja, dann fang ich mal

an, wie das so aus meiner Sicht aussieht. Ich habe ja von Tuten und Blasen keine Ahnung gehabt. Erst vor drei Wochen, als ich das Lokal kurz verlassen habe, um mal eben was aus der Wohnung zu holen, bin ich mitten ins Gemenge gekommen. Ich traute meinen Augen nicht, als ich sah, daß der Willi sich mit meiner Tochter auf dem Bett rumwälzte. Erst habe ich gedacht: Dieses kleine Luder! Bis mir dann auffiel, wie verweint und durcheinander die Wiebke aussah. Dann habe ich sie mir genommen, habe zum Willi gesagt, er könne heute nacht woanders schlafen. Er wollte nicht gehen und hat angefangen zu randalieren. Da hatte er wohl schon ein paar Biere intus. Die Stammgäste, die in der Kneipe saßen, haben mir dann geholfen. Und als er raus war«, fuhr sie fort, »hat die Wiebke mir alles erzählt: Daß er sie dauernd am Busen betatscht hat, daß er immer ins Badezimmer gekommen ist, wenn sie geduscht hat, daß er ihr zwischen die Beine faßte und all das. Ja, und an jenem Abend hat er dann versucht, sie zu vergewaltigen.«

»Und Sie haben vorher nichts gemerkt?«

»Das frag ich mich auch die ganze Zeit, ob ich was hätte merken müssen. Aber als die Wiebke dann alles erzählt hat, da ist es mir wie Schuppen von den Augen gefallen. Sie hat seit neuestem immer morgens geduscht, hat überhaupt nicht mehr gebadet, sich immer in meiner Nähe rumgetrieben, vor allem abends, so daß es mir schon fast zuviel wurde. Ich hab das alles auf die Pubertät geschoben, aber ... Also, jedenfalls ergab das alles einen Sinn, und ich hab ihr auch sofort geglaubt. Die Wiebke ist sowieso nicht so eine, die sich solche Lügen ausdenkt.«

Silke überlegte. »Haben Sie Ihre Tochter mal gefragt, warum sie nicht früher zu Ihnen gekommen ist?«

»Sicher, das ist mir doch auch ein Rätsel. Und wissen Sie, was die Göre zu mir sagt?« Helene Soltau schniefte und griff nach einem Päckchen Taschentücher auf dem Tisch. »›Mutti‹, sagt sie, ›ich weiß doch, daß du so viele Sorgen hast, und ich dachte, ich kriege das schon allein hin. Und außerdem hat er immer gesagt, du kriegst dann

Ärger mit dem Jugendamt, wenn ich was sage, und ich käme dann ins Heim.‹ So ein Schweinekerl! Und das Mädchen fühlt sich auch noch für mein Wohlergehen verantwortlich. Ich konnte das gar nicht fassen.«

Silke gab Frau Soltau Gelegenheit, sich wieder ein bißchen zu sammeln, bevor sie die nächste Frage anschloß. »Wie haben Sie ihn eigentlich kennengelernt?«

»Der kam mal abends in meine Kneipe, und wir haben uns gut unterhalten. Wissen Sie, man kann's den Kerlen ja nicht ansehen. Er war ungeheuer charmant, brachte immer eine Kleinigkeit mit. Klar, mit Wiebke hat er sich von vornherein nicht verstanden, aber das Mädchen war zu der Zeit eh ein bißchen schwierig – ich hab gedacht, das renkt sich ein. Ja, und dann ist ihm die Wohnung gekündigt worden, und da ist er halt bei uns eingezogen – das Schwein. Nie wieder, sag ich Ihnen, nie wieder. Von den Kerlen hab ich erstmal die Nase voll.«

Kein Wunder, dachte Silke.

Bevor sie weiterfragen konnte, kam Wiebke herein. Mittlere Größe, schlank, kurze punkige Haare und die schönen Augen von der Mutter, grau mit blauen Sprenkeln. Das Mädchen war ausgesprochen hübsch und machte auch einen recht lebensfrohen Eindruck. Was hast du denn erwartet? schalt sich Silke in Gedanken. Daß eine Vierzehnjährige sich monatelang einschließt und an nichts anderes mehr denkt? So ein Quatsch, das Leben geht weiter, und mit vierzehn erst recht.

»Mensch, Mama, wir haben – oh, hallo«, Wiebke hatte Silke erst jetzt bemerkt. »Sie sind sicher die Journalistin. Mama, stell dir vor, ich hab mal wieder 'ne Zwei in Englisch. Super, was?« Wiebke strahlte von einem Ohr zum anderen und ihre Mutter mit.

Silke war richtig gerührt von der Szene. Sie räusperte sich und fragte: »Wieso mal wieder, schreibst du die öfter?«

Wiebkes Gesicht verdüsterte sich ein bißchen. Wie ihre Mutter ging sie gleich in medias res. »Bevor der geile Bock hier einzog, war ich in der Schule immer klasse. Ich bin nämlich auf dem Gymnasium.« Silke hörte den Stolz in Wiebkes Stimme. »Aber dann ging es mir eine Zeitlang schlecht, da hab ich nur noch Vierer und Fünfer geschrieben. Jetzt geht's mir wieder gut.«

Herausfordernd betrachtete Wiebke Silke. Die hatte die Warnung begriffen.

»Keine Angst, Wiebke«, antwortete sie schnell, »ich will von dir keine Details wissen. Erzähl mir einfach, wie es dir jetzt so geht.«

Wiebke nickte, das war anscheinend okay. »Wie es mir jetzt geht, ja, eigentlich gut. Manchmal träume ich schlecht in der Nacht, aber seit ich bei Mama im Bett schlafe, ist es besser. Ich kann auch nicht in Ruhe baden oder duschen, immer denk ich, gleich steht er da wieder mit seinem blöden Grinsen und den doofen Sprüchen. Sonst ist es schon okay. Und außerdem war Mama echt cool, die hat voll zu mir gehalten und den Typen an die Luft gesetzt. Das war überhaupt das Größte. Da hätten Sie meine Mutter mal erleben sollen; wie 'ne Furie ist die auf ihn los. Der hat echt Schiß gehabt.«

In Wiebkes Stimme klang noch immer Verwunderung darüber mit, daß ihre Mutter Schraube Paroli geboten hatte. Anscheinend hatte der ganze Fall zumindest Mutter und Tochter näher gebracht.

Silke fuhr fort: »Hast du noch Angst vor ihm?«

Wiebke nickte und sah in diesem Moment eher wie ein kleines Mädchen aus als wie eine Jugendliche. »Das ist echt blöd, ich geh abends nicht mehr allein aus, weil ich total viel Schiß hab, daß der mir irgendwo auflauert. Das hat er nämlich angedroht. Deshalb will ich ja auch, daß der ins Gefängnis kommt, da kann er mir nichts. Jetzt lerne ich Karate, dann kann ich mich wehren, wenn er wieder rauskommt. Aber ich muß noch viel üben.«

Überrascht stellte Silke fest, daß aus der Kindermiene eine selbstbewußte Frau schaute. So schnell geht das in dem Alter, dachte sie ein wenig wehmütig.

Sie stellte ihr Aufnahmegerät aus und verabschiedete sich kurze Zeit später.

Während sie durch das Münsterland fuhr und die Landschaft beruhigend ebenmäßig an ihr vorüberzog, dachte sie mit gemischten Gefühlen an das hinter ihr liegende Gespräch. Irgendwie war es ein bißchen zu glatt. Hoffentlich blieben die schlechten Erfahrungen, die so viele Opfer auch im Nachhinein noch machen mußten, dem Mädchen erspart: der Unglauben von Bekannten und Verwandten, die polizeilichen Befragungen, psychologische Gutachten, die späteren Schwierigkeiten in der Sexualität und so weiter. Immerhin hatte ihre Mutter ja patent gehandelt, und die zwei bildeten ein tolles Gespann. Silke wünschte von ganzem Herzen, daß die Soltaus auch noch die restlichen Klippen umschiffen konnten. Die Gerichtsverhandlung und alles, was davor lag, würden bestimmt kein Zuckerschlecken werden.

10.

Marie stand an der Wohnungstür, als Silke die Treppen heraufkam.

»Na, rasende Reporterin«, begrüßte sie die Freundin. »Was macht die Story?«

»Laß mich doch erst mal rein.« Silke war etwas außer Atem. »Puh.«

Nach einer flüchtigen Umarmung wurde sie von Marie ins Wohnzimmer gelotst, wo sie sich auf die Rattancouch fallen ließ.

Marie stand in der Tür und lächelte. »Deine Kondition läßt hörbar nach. Was kann ich dir denn Gutes tun?«

»Ach, wenn es nur die Treppen wären«, stöhnte Silke und pellte sich aus ihrem Anorak. Erschöpft ließ sie sich mit geschlossenen Augen in die Kissen sinken und blies sich den Pony aus der Stirn. »Ich hatte gestern einen fürchterlichen Streit mit Olli, als ich ihm gesagt habe, ich wäre heute abend mit euch verabredet. Es wäre schon der dritte Abend hintereinander, wo ich nicht da bin, und überhaupt, nur noch Mißbrauch sei Thema. Ich bin total ausgeklinkt und habe ihm ordentlich den Marsch geblasen. Kurz und gut – als ich eben loswollte, war er immer noch nicht da. Er kann ein solches Arschloch sein! Aber die Kiddies waren schon alle im Bett, und da hat sich Elke mal wieder erbarmt. Ohne unsere Hausgemeinschaft stünde unsere Ehe des öfteren gewaltig auf der Kippe, das sag ich dir.«

Marie enthielt sich jeden Kommentars, denn die Männer ihrer Freundinnen hatten beide so ihre Vor- und Nachteile – in ihren Augen.

»Wo bleibt denn eigentlich Edith?«

Marie zuckte mit den Schultern. »Sie hat vorhin angerufen und gesagt, ihr ginge es nicht besonders gut. Totale Unterleibsschmerzen und die letzten Nächte schlecht geschlafen – also sind für sie heute Badewanne und Bett angesagt.«

»Komisch, ist doch sonst nicht ihre Art, so kurzfristig abzusagen. Na ja, ich ruf sie morgen mal an, vielleicht hatte sie ja auch Beziehungsstreß. Sag mal, bleiben wir hier?« Silke sah sich in Maries Wohnzimmer um. »Warum gehen wir nicht in die Küche?«

»Da steht ein überdimensionaler Abwasch. Möchtest du einen Tee?«

»Lieber einen Kaffee.« Silke betrachtete an der gegenüberliegenden Wand den Druck eines Picasso-Gemäldes – eine Neuerwerbung, für die Marie vor kurzem noch verzweifelt einen passenden Rahmen gesucht hatte. Es hieß *Pinkelnde Frau* und machte in phänomenalen zweihundert mal hundertfünfzig Zentimetern und schrillen Farben seinem Titel unmißverständlich alle Ehre.

»Dieser Picasso ist wirklich unglaublich«, rief sie in Richtung Küche.

Marie trug ein Tablett herein und brachte frischen Kaffeeduft mit. »Obszön, nicht wahr? Und irgendwie göttinnenlich.«

»Daß solche Bilder überhaupt gedruckt werden.« Silke kicherte.

»War auch nicht einfach, es zu bekommen.« Marie stellte einen Kaffeebecher, Milch und Zucker auf die Glasplatte des kleinen Beistelltisches. »Pinkelnde Männer siehst du ja allerorten. Aber eine pinkelnde Dame in der Kunst ...« Sie schnalzte mißbilligend, grinste und verschwand wieder im Flur.

Als sie mit der gefüllten Kaffeekanne wiederkam, erzählte sie: »Dieses Monstrum hätte ich niemals allein dort an die Wand bekommen. Also hab ich Hartmut von nebenan gebeten, mir behilflich zu sein. Der ist ja nun wirklich kein Kind von Traurigkeit; bei der letzten Gartenparty hier hat er heftig mit mir geflirtet. Aber an dem Tag, als er mit mir die Nägel in die Wand gehämmert hat, war er irgendwie, nun ja, ich würde sagen, beklommen oder so. Jedenfalls sehr zurückhaltend.«

Silke prustete. »Der macht nie wieder einen Annäherungsversuch. Der hält dich jetzt für pervers oder lesbisch oder beides.«

»Dann entgeht ihm was.« Marie hatte sich eine Flasche Mineralwasser mitgebracht, die sie jetzt mit lautem Zischen öffnete und umstandslos an die Lippen setzte. Nach einem kräftigen Schluck zog sie sich den Schaukelstuhl heran und ließ sich nieder.

»Spaß beiseite.« Sie brachte das Möbel ein bißchen in Schwung, was es mit einem leisen Knarren quittierte. »Erzähl doch mal von deinen Recherchen.«

Während Silke ihre Freundin auf den neuesten Stand brachte, schaukelte Marie rhythmisch – je nach Gemütslage mal mehr, mal weniger heftig.

»... und es wäre nicht schlecht, wenn du mir noch mehr Einzelheiten über diesen Typ erzählen könntest. Das würde dem Artikel wahrscheinlich guttun – Helene Soltau mochte ich nicht weiter fragen.« Vorsichtig musterte Silke Marie.

Diese nickte. »Okay, reden wir über die Schraube.«

»Daß einer überhaupt so heißt.« Silke pustete in ihren Kaffeebecher. »Schraube.«

»Und er ist nicht einmal der einzige, mußt du wissen«, erzählte Marie. »Er hat noch mehrere Geschwister – natürlich auch alles Schrauben. Holzschrauben, Schiffsschrauben, Daumenschrauben.«

»Ganz zu schweigen von seinen entfernten Verwandten«, fiel Silke in die Blödelei ein, »den Schraubverschlüssen, Schraubstöcken, Schraubenziehern und Schraubenschlüsseln. Meinst du, der eine oder andere aus dieser Verwandtschaft würde sich von mir befragen lassen?«

»Puh, da gab es wie gesagt Geschwister – eine Schwester und zwei Brüder, glaube ich. Richtig, wir haben die sogar mal besucht. Warte mal – also, mit den Brüdern war er verkracht, aber die Schwester ... Wo wohnte die denn noch? Irgendwo im Ruhrgebiet – ach genau, in Dortmund. Ich weiß sogar noch, wie die heißt. Darüber mußte ich nämlich als Zwölfjährige schon grinsen. Sie hat einen Mann namens Zwinge geheiratet. Und das war sie auch, eine richtige Schraubzwinge.«

Silke hätte vor lauter Lachen fast ihren Kaffee durch Maries Wohnzimmer geprustet. »Ich werd's mal bei ihr probieren«, gluckste sie. »Bei dieser Familie ist doch mindestens eine Schraube locker.«

»Aber Willi ist ganz sicher die einzige Schraube ohne Ende«, war Marie auf einmal wieder ernst.

»Sei dir da nicht so sicher«, murmelte Silke. »Aber jetzt sag doch mal: Was hältst du denn von Helene Soltau und ihrer Tochter?«

»So eine Mutter hätte ich damals auch gebrauchen können. Und irgendwie überrascht es mich, daß es solche Mütter gibt.«

Silke nickte. Solche ›helenengleiche‹ Mütter könnten wahrscheinlich mächtig viel Unglück verhindern, dachte sie bei sich. Entschlossen stellte sie den Becher auf den Beistelltisch. »Also los. Erzähl du mir von ihm.«

Marie guckte ziemlich gequält. »Kannst du nicht ein bißchen konkreter fragen?«

»Später«, meinte Silke und griff nach der Kaffeekanne. »Fang doch einfach erst mal an.«

Während Silke den Becher noch einmal füllte, überlegte Marie. Sie stand auf, ging nach nebenan in ihr Arbeitszimmer und kam mit einem Taschenbuch in der Hand zurück. »Kennst du von Heinrich Böll *Haus ohne Hüter*?«

»Schullektüre, ist lange her«, kramte Silke in ihrem Gedächtnis. »Laß mich nachdenken. Zwei Jungens in der Nachkriegszeit wachsen ohne ihre Väter auf, die im Krieg gefallen sind und die sie nie gekannt haben. Der eine reich, der andere arm. Der Arme lebt mit seiner kleinen Schwester bei seiner Mutter ...«

»... die eine sogenannte Onkel-Ehe eingeht. Die kleine Schwester, Wilma, ist übrigens aus dieser Verbindung hervorgegangen«, ergänzte Marie. »Der Mann ist Onkel Leo. Nachdem ich das Buch noch einmal gelesen hatte, war mir endgültig klar, daß Männer vom Schlag eines Willi Schraube leider keine Seltenheit sind. Hör mal zu.«

Sie lehnte sich an den Türrahmen, schlug das Taschenbuch auf und trug, einzelne Seiten überblätternd, mit klarer Stimme mehrere Passagen vor: »Rot war Leo im Gesicht, rot vor Sauberkeit, und er hatte pechschwarze Haare ... ›Mein Körper, das ist alles, was ich habe – und deshalb tue ich etwas für meinen Körper.‹ ... Hormone, ein Wort, das auf Leos Gesicht ein häßliches Grinsen hervorrufen würde. ... Leo haßte Schmutz; Leo war immer sauber, gemäß seinen Wappengerüchen, dem Geruch des Rasierwassers und des Bohnerwachses. Rotgebürstete Hände hatte er, polierte Fingernägel, und seine Waffe war ... die Nagelfeile ... Von dem Tage an, da Wilma zum ersten Mal mit Leo allein gewesen war, schrie sie, wenn sie ihn nur sah.

Knallrote, nach Rasierwasser riechende Fresse, die auf Melodien von Kirchenliedern merkwürdige Parodien sang, die er – der Junge«, erklärte Marie, »nicht verstand, die aber bestimmt gemein waren, denn die Mutter wurde immer böse und sagte: ›Laß das doch ...‹«

Marie schlug das Buch zu, sah auf und sagte: »Er könnte auch Onkel Willi heißen.« Dann setzte sie sich wieder in den Schaukelstuhl.

»Ein echter Sympathieträger.« Silke schüttelt sich. »Wie schaffen es solche Typen bloß immer wieder, bei den Frauen zu landen?«

»Du kannst mich fragen, was du willst, aber darauf weiß ich wirklich keine Antwort. Vielleicht sind wir beide einfach für diesen ganz speziellen Charme nicht empfänglich.«

»Hoffen wir, daß das auch so bleibt. Wieso haben sich deine Mutter und Schraube denn eigentlich getrennt?«

»So genau weiß ich das auch nicht. Angeblich hatte er eine andere.«

»Moment mal«, unterbrach Silke sie. »Er war mit deiner Mutter liiert, hat dich mißbraucht und hatte noch eine andere Frau? Du liebe Güte! Das ist ja ein typischer Fall von männlicher Nymphomanie.«

»Sowas gibt's bei Männern nicht. Frauen mögen ja einen krankhaft übersteigerten Geschlechtstrieb haben – wie auch immer der sich dann äußern mag –, aber bei Männern gilt die Lust auf viele Frauen doch als normal, oder nicht?« Marie schaukelte wieder. »Der war damals Ende Dreißig, in vollem Saft und voller Kraft. Ist doch nett von ihm, wenn er vielen Frauen davon abgibt.«

»Marie! Dein Zynismus in allen Ehren, aber erzähl lieber weiter.«

»Ach, du weißt doch schon fast alles, wir haben doch oft genug darüber geredet. Also, der Schluß: Ich war dreizehn, es war Ostern, und meine Mutter hat ihn rausgeschmissen. Es gab keine Erklärungen für uns Kinder. Was ich spitzgekriegt habe, waren andere ›Frauengeschichten‹, für die meine Mutter angeblich Beweise gefunden hatte und weswegen sie ihn an die Luft setzte. Ja, richtig, jetzt fällt's mir wieder ein. Sie hatte Präservative im Handschuhfach seines Wagens gefunden, und sie nahm doch die Pille. Das war der Auslöser für den Rauswurf. Er war ja bei uns eingezogen und hatte keinerlei Rechte auf die Wohnung. So schlau ist sie wenigstens gewesen.«

»Wie bei Soltaus«, warf Silke ein.

»Genau. Und die Situation damals war ähnlich brenzlig. Ich habe dir doch schon erzählt, daß meine Mutter eine Freundin eingeladen hat, um nicht allein mit uns in der Wohnung zu sein, als er seine Klamotten abholte. Vielleicht dachte sie auch, daß sie unter Umständen eine Zeugin brauchte, falls er alles kurz und klein schlägt.«

»Ganz der Vater, den frau sich für ihre Kinder wünscht.«

»Jedenfalls kann ich mich an diese Zeit auch deshalb so gut erinnern, weil ich ein paar Wochen später das erste Mal meine Blutung bekam. Das war übrigens auch so etwas, ähnlich wie mit Onkel Leo und dem Wort Hormone: Schraube sprach immer von ›Mens‹ – ich nehme an, er meinte Menses – und bekam dabei einen Gesichtsausdruck – zum Reintreten«, erinnerte sich Marie. »Na ja, als ich sie dann bekam, war ich total erleichtert, weil ich endlich ganz sicher sein konnte, daß er mich nicht geschwängert hatte. Und fortan war ich ziemlich konsequent in meinem Verhalten, nicht mehr über das nachzudenken, was er mit mir angestellt hatte.«

»Und ihr habt in der Familie nie über die Ereignisse und die Folgen gesprochen?«

»Niemals.« Maries Gesichtszüge verhärteten sich. »Ich

habe mir immer alle Mühe gegeben, den Mißbrauch zu verheimlichen, und ...«

»Wieso denn eigentlich? Du hast es doch nicht verdrängt, sondern die ganze Zeit gewußt. Warum hast du nicht drüber geredet?«

»Weil Schraube mir unterstellt hat, daß es mir auch Spaß machen würde. Und weil er damit gedroht hat, mich umzubringen. Geschlagen hat er uns sowieso bei jeder Kleinigkeit, und ich hatte nie Zweifel, daß er mich auch totschlagen würde, wenn's ihn mal überkommen würde.«

Blaß und unglücklich fuhr Marie fort: »Es ist erstaunlich, für wieviel Grausamkeiten und Verletzungen in zwei Jahren Platz ist. Es war eine gottverdammte Zwickmühle. Ich wollte nicht vergewaltigt werden, aber tot sein wollte ich auch nicht. Dementsprechend habe ich versucht, mich zu verhalten.«

Silke zog fragend die Stirn kraus. »Das heißt?«

»Das heißt in meinem Fall konkret, daß ich ihm aus dem Weg gegangen bin, wo ich nur konnte. Hat leider längst nicht immer geklappt. Und ich hätte niemals von mir aus auch nur ein Wort darüber verloren – über diesen Schmutz, die Schmerzen, die Scham. Woher hätte ich denn die Worte nehmen sollen? Es war unaussprechlich, und ich war viel zu eingeschüchtert. Ich bin übrigens bis heute fest davon überzeugt, daß da niemand war, der mir zur Seite gestanden hätte. Es war ausweglos.«

Maries Stimme war sehr leise geworden. Während sie sprach, hatte sie die Knie unter ihr Kinn gezogen und mit beiden Händen umarmt; dermaßen zusammengerollt saß sie jetzt in ihrem Schaukelstuhl und starrte vor sich hin.

Silke stiegen Tränen in die Augen angesichts der Beobachtung, daß Marie nach zwanzig Jahren noch so unter den Erinnerungen litt. Sie dachte an ihre drei Töchter. Nie, nie würde sie zulassen ... »Und deine Mutter war auch keine Hilfe?«

»Meine Mutter.« Marie blickte immer noch in die Ferne. »Als es passierte, war ich felsenfest davon überzeugt, daß sie mir sowieso nicht hätte helfen können. Schraube war so riesig, so übermächtig, so unverschämt, so brutal.«

Sie schaute in Silkes Gesicht und brachte ein unglückliches Lächeln zustande. »Diesen Zahn hat mir meine Therapeutin, wie du weißt, allerdings gezogen. Sie war der Meinung, daß alle Beteiligten ein ziemlich genaues Bild davon haben, was in so einer Familie abgeht. Die Erwachsenen natürlich erst recht.«

Sie streckte ihre Beine, stellte sie auf den Fußboden und fixierte Silke. »Wenn meine Mutter was gemerkt hat – und davon bin ich heute überzeugt –, so hat sie es erfolgreich verborgen. Vielleicht war es ihr egal, vielleicht war es ihr peinlich, vielleicht war sie eifersüchtig. Vielleicht ist sie auch einfach nur eine verantwortungslose, hartherzige, blöde Kuh.«

»Du hast sie nie danach gefragt?«

Marie stand abrupt auf, ging zum Fenster und schaute hinaus. »Frag du sie, wenn du magst.«

Das Telefon klingelte, und sie verließ das Wohnzimmer, um kurz darauf den Kopf durch den Türspalt zu stecken. »Für dich.«

»Wer?« fragte Silke verblüfft.

»Dein Angetrauter.« Marie trug Silke den Apparat entgegen und reichte ihr den Hörer. »Er klingt nicht gut.«

»Ich klinge gleich auch gar nicht mehr gut.« Silke nahm genervt den Hörer ans Ohr und stellte das Gerät auf die Couch. »Was ist los?«

Marie sah in Silkes Gesicht und beschloß, die Situation mit ein paar Schokoladenkeksen zu entschärfen. Auf dem Weg in die Küche hörte sie die Freundin stöhnen: »Natürlich schreit sie. Sie zahnt, Oliver. Und das tut weh. Dagegen kann ich auch nichts machen. Du weißt doch, wo die Tropfen stehen. Reibe ihr das Zahnfleisch damit ein. Und tu mir einen Gefallen und halt noch eine Stunde durch, ich komme dann.«

Als Marie mit einer gutgefüllten Keksdose wieder den Raum betrat, hatte Silke bereits aufgelegt. »Suse zahnt.«

»Oh, das wußten wir ja noch gar nicht«, spöttelte Marie. »Das arme Kind. Hält der Vater durch?«

»Nicht mehr lange, fürchte ich. Ich glaube, das ist ein kleiner Racheakt. Mehr als zweimal die Woche abends allein zu Haus hält er einfach nicht durch. Oh, diese Männer! Ich versteh überhaupt nicht, wie die so mächtig werden konnten. Alles Weichspüler!«

»Hast ja recht.« Marie hielt Silke die Keksdose hin. »Er hätte zwar keine Kinder, wenn alle Frauen so zart besaitet wären wie er, aber insgeheim träumt er eben von dem braven Frauchen, das ihm das Händchen hält, immer für ihn da ist und ihn nicht mit so nervtötenden Sachen wie zahnenden Kleinkindern belästigt. Damit mußt du wohl leben. Warum hat er übrigens nicht eine eurer lesbischen Ersatztanten gerufen?«

»Das macht er nie«, seufzte Silke. Sie knabberte an einem Keks und nahm sich gleich noch einen. »Viel Zeit haben wir nicht mehr, fürchte ich. Aber erzähl doch noch von dem Rest deiner Familie, deinem Bruder beispielsweise, über den hast du noch nie geredet.«

»Ich habe kein besonders inniges Verhältnis zu Lars. Er war immer Mutters Liebling, während ich mich mehr zu meinem Vater hingezogen fühlte. Als der dann starb, waren wir beide sozusagen KonkurrentInnen um die Zuwendung unserer Mutter. Da war er eindeutig der Stärkere.«

»Und er hat nichts von Schraubes Untaten bemerkt?«

»Keine Ahnung. Gesagt hat er nie was.«

»Und deine sonstige Umgebung? Lehrer, Nachbarn oder so?«

»Irgendwie bist du mit diesen Fragen bei mir an der falschen Adresse«, quengelte Marie. »Das müßte man sie selbst fragen, was weiß ich denn? Unsere Wohnung damals war sehr hellhörig. Natürlich hätten die Nachbarn hören können, wie er mich angeschrien und vertrimmt hat, das hat er ja häufig getan, bevor er mich mißbraucht hat. Aber das kommt doch in den besten Familien vor. Und wer setzt sich schon gern mit sowas in die Nesseln? ›Ach, entschuldigen Sie, Herr Schreckschraube, mißhandeln Sie zufällig das Ihnen anvertraute Mädel?‹ Du weißt doch, daß das so nicht läuft. Warte mal.«

Marie stand auf und ging nach nebenan. Vor ihrem Computertisch blieb sie stehen, um mit ihren Augen die diversen Zeitungsausschnitte an der Wand zu überprüfen. Sie fand, was sie suchte, und kehrte zu Silke zurück.

»Das ist aus unserem Käseblatt, vom Juni. – Paß auf: *Salzburg. Ein zwölfjähriges Mädchen ist trotz verzweifelter Hilferufe am hellichten Tag vergewaltigt worden. Passanten ignorierten die Schreie, weil der Mann sich als Vater des Kindes ausgegeben hatte. Das Mädchen war auf dem Weg zur Schule und wollte eben aus dem Bus steigen, als es von einem Unbekannten zurückgezerrt wurde. Ihre Hilferufe erklärte er den Fahrgästen damit, daß das Mädchen seine Tochter sei und ihm nicht gehorche. Den gegenteiligen Beteuerungen des Kindes schenkten die Passanten keine Beachtung. Einige Stationen weiter zwang der Mann die Schülerin, mit ihm auszusteigen. Dann zerrte er sie in eine Garage, wo er über sein Opfer herfiel.*«

Marie legte den Ausschnitt zu dem Taschenbuch und setzte sich wieder.

Silke schnappte nach Luft. Dieser Artikel war ihr wohl entgangen. Das konnte doch gar nicht wahr sein. »Das ist doch ungeheuerlich! Was läuft denn hier in diesem Land, daß du bloß Vater sein mußt, um deine Tochter in aller Öffentlichkeit zu wer weiß was zwingen zu können? Das reicht schon aus, damit sich keiner mehr zuständig fühlt?«

Angewidert erhob sich Silke und durchmaß mit fünf langen Schritten Maries Wohnzimmer. Um Beherrschung ringend, setzte sie sich wieder. »Okay, okay. Ich würde dich gerne noch was anderes fragen. Diese Therapie, die du gemacht hast ...« Sie zögerte. »Weißt du, ich frage mich oft, wie du das einschätzt. Die ganze Sache nimmt dich ja immer noch mit. Ist das eigentlich nie vorbei?«

Marie lächelte, weil sie diese Frage kannte. Sie hatte sie sich selbst bereits mehrfach gestellt. Sie brachte den Schaukelstuhl wieder in Schwung. »Als ich eine intensive Phase fürchterlicher Erinnerungen hinter mir hatte und so langsam wieder Licht am Horizont wahrnahm«, begann sie, »hatte ich einen Traum. Ich ging nach Hause, und als ich die Tür öffnete, nahm ich meine Wohnung das erste Mal richtig wahr: Es war ein alter Lagerraum, in dem ich da hauste. Relativ weitläufig, aber dunkel und schmutzig. Die Wände waren von einem verblichenen Gelb, das an manchen Stellen große schwarze Flecken aufwies. An den Wänden standen uralte Maschinen. Ich konnte sie nicht bedienen und wußte auch gar nicht, wozu sie überhaupt gut sein sollten. Der Vermieter kam ab und zu herein, um sie in Gang zu setzen, und verschwand dann wieder.

Aber es war zweifelsfrei meine Wohnung; weiter hinten befanden sich Möbel und persönliche Gegenstände, die eindeutig auf mich als Bewohnerin hinwiesen. Als ich durch den Raum gehen wollte, stieß ich immer wieder auf Warnschilder, die am Boden befestigt waren und meine Schritte umlenken sollten: ›Warnung – hier lagert Giftmüll!‹ – ›Vorsicht: Der Boden ist verseucht!‹ – ›Hier bitte nicht hintreten. Lebensgefahr!‹

Ich bewegte mich im Zickzack vorwärts und fühlte mich sehr elend. Der Besucher, den ich bei mir hatte, war entsetzt: ›Hier kannst du unmöglich bleiben, Marie. Der vergiftete Boden wird dich ganz krankmachen.‹«

Marie sah lächelnd auf Silke. »Als ich aufwachte, war mir klar, daß ich von meinem bisherigen Leben geträumt hatte. Die verdrängten Erinnerungen an Mißbrauch und Vergewaltigung hatten es vergiftet. Das Haus, in dem ich heute lebe, ist voller Licht. Ich kann überall hintreten und alles, was ich vorfinde, für mich nutzen.«

Sie verzog den Mund. »Natürlich regt der Typ mich heute immer noch auf. Dich etwa nicht? Ich würde mir eher Sorgen um mich machen, wenn's mir egal wäre.«

Silke schwieg. Dann kam sie noch einmal auf Lars zurück. »Hat die Schraube sich vielleicht auch an ihn rangemacht, was meinst du?«

Marie war zu schockiert, um sofort eine Antwort parat zu haben. »An Lars?«

»Das soll vorkommen, daß Mißbrauchs-Täter auf Jungens stehen. Wie alt war er damals?«

»Er ist vier Jahre älter als ich.« Marie war immer noch

ganz irritiert. »Einen Sechzehnjährigen kann man doch nicht mehr derartig einschüchtern, oder?«

»Er war so riesig, so übermächtig, so unverschämt, so brutal«, wiederholte Silke Maries Worte. »Vielleicht hatte er ja noch ein paar ganz andere Tricks drauf.«

Marie sah Silke an. »Auf diesen Gedanken bin ich nie gekommen.«

»Macht ja nichts.« Silke stand auf und reckte sich, aber als sie die Freundin so verloren in ihrem Schaukelstuhl sitzen sah, hockte sie sich neben sie und streichelte ihren Arm.

»Es ist egal, ob er es versucht hat oder ob er es getan hat oder oder oder. Für das, was er dir angetan hat, spielt es überhaupt keine Rolle.« Sie stand wieder auf.

»So, und jetzt erlöse ich meine Tochter von ihrem Vater. Oder war es umgekehrt?«

Marie stand auch auf. »Du hast dir überhaupt keine Notizen gemacht«, stellte sie fest. »Immerhin war dieses Gespräch doch Teil deiner Recherche. Oder gelten für Freundinnen andere Regeln? Ich werde mich bei deiner Auftraggeberin beschweren«, drohte sie scherzhaft.

»Dann grüß sie schön von mir«, erwiderte Silke und zwängte sich in ihren Anorak. »Manche Dinge vergißt frau nie wieder.«

Sie verabschiedete sich und ging zu ihrem Auto. Es war kein Scherz gewesen; Maries Geschichte hatte sich mit Sicherheit für ewig in ihr Gedächtnis eingebrannt. Wie viele Mütter verschließen die Augen vor all den schrecklichen Taten, die Männer an Kindern begehen? Ach was, Mütter; wie viele Menschen? Ob die sich im Klaren darüber waren, wieviel Energie die mißbrauchten Kinder zum Überleben benötigten und wie nachhaltig der Mißbrauch das Leben veränderte? Kein Wunder, daß die Psychiatrie voll war mit Menschen, die diesen Überlebenskampf nicht hatten leisten wollen oder können.

Silke fröstelte. Bei allem Unglück hatte Marie noch Glück gehabt. Sie wußte aus Überlebensberichten anderer Frauen, wie oft diese geglaubt hatten, am Rande des Wahnsinns zu stehen und in den Abgrund springen zu müssen. Die Grenzen zwischen ›normal‹ und ›verrückt‹ waren verschwommen. Eine perverse Gesellschaft, in der die Täter zu den Normalen gehören und die Opfer in der Klapse landen. Wieder stieg eiskalte Wut in ihr hoch. In solchen Momenten hatte sie vollstes Verständnis für terroristische Akte. So manchem Täter hätte sie gern selbst eine Bombe unter seinen fetten Arsch gelegt.

Gleich morgen würde sie versuchen, Schraubes Schwester ausfinding zu machen. Obwohl sie Schraubes Motive nicht im geringsten interessierten, wußte sie, daß sie für den Artikel noch mehr über den Mann recherchieren mußte. Hallo, Frau Zwinge, können Sie mir erklären, wieso Ihr Bruder so ein Arschloch ist? Silke mußte lachen.

Marie brachte das Geschirr aus dem Wohnzimmer in die Küche.

Als sie heißes Wasser und Spülmittel in das Becken laufen ließ, fiel ihr Silke wieder ein: »Hat die Schraube sich vielleicht auch an Lars rangemacht? ... Das soll schon mal vorkommen, daß Mißbrauchs-Täter auf Jungen stehen ... Vielleicht hatte er ja noch ein paar ganz andere Tricks drauf.«

Während Marie Fragmente des zurückliegenden Gesprächs durch den Kopf gingen, formten sich in ihrem Innern mit Nachdruck Zweifel: War es wirklich – wie Silke meinte – egal, ob auch ihr Bruder ein Opfer dieses Kerls geworden war?

Sie tauchte ihre linke Hand in das Spülwasser, zuckte erschrocken zurück und drehte das kalte Wasser auf. Durch die schaumbedeckte Oberfläche tunkte sie ein paar Gläser.

Möglicherweise spielte es für Silke keine Rolle, was damals noch geschehen war, oder besser: geschehen sein könnte. Marie ihrerseits war sich da nicht so sicher. Immerhin war er Mutters Liebling gewesen; hätte sie es wirklich zugelassen, daß ...?

Daß sie, Marie, ihrer Mutter nie so wichtig gewesen war, daß diese ihr den nötigen Schutz geboten hätte – mit dem Gedanken, auch wenn er noch so schmerzlich war, hatte sich Marie mittlerweile abgefunden. Aber Lars?

Marie fühlte kalte Wut in sich aufsteigen. Dieses Gefühl war ihr vertraut; es stellte sich immer ein, wenn sie sich das Elend jener Zeit mit Willi Schraube vor Augen hielt. Erst sie, jetzt Wiebke Soltau. Vielleicht, wahrscheinlich noch andere, ihr unbekannte Kinder und Jugendliche.

Und Lars?

Sie war es leid. Es kotzte sie an. Er kotzte sie an. Marie hielt sich an der Spüle fest, weil ihr plötzlich übel wurde. Sie griff nach einem Geschirrtuch, und während sie sich die Hände abtrocknete, ließ sie sich auf einen Stuhl fallen. Sie wischte sich mit dem Tuch über die Stirn.

Vielleicht war es Silke egal. Ihr nicht.

Sie würde herausfinden, ob Willi Schraube auch auf Jungen stand.

Sie wurde immer kleiner. Je lauter, unverschämter und zudringlicher er wurde, desto stiller und zurückhaltender wurde sie. Sie konnte ihm nichts rechtmachen, also ging sie ihm aus dem Weg. Zumindest versuchte sie das. Trotzdem stolperte er nicht selten über sie, und dann fühlte sie sich oft wie mit Füßen getreten.

So war es auch eines Tages – sie kam aus der Schule ...

»Ich habe hier endlich mal aufgeräumt«, hatte er bei ihrem Anblick verkündet und die Schlafzimmertür hinter sich zugezogen. »Das wurde ja wohl auch mal Zeit.«

Das Mädchen befürchtete Schlimmes, aber ihre Erwartungen wurden noch übertroffen. Ziel seiner Aktion war nicht das Schlafzimmer als Ganzes gewesen; ihre Mutter war ziemlich pingelig und räumte täglich selbst auf.

Nein, er hatte sich lediglich über die Kommode in der Ecke hergemacht, die seit eh und je der Standort ihrer Spielsachen gewesen war. Gewesen war. Ihr schossen sofort die Tränen in die Augen, denn die Kommode war leer. Nicht ganz leer. Ihre dämlichen Puppen, die, die heulen und pinkeln konnte, und die blöde Modepuppe und natürlich die teure Sprechpuppe, der

Liebling ihrer Mutter, – die waren noch da. Aber alles andere war weg.

Die Plüschtiere: Der Affe mit dem langen Fell. Der kleine widerborstige Dackel mit den honigfarbenen Ohren. Der gescheckte Foxterrier mit den langen Beinen, der bei jedem Spiel ein so hervorragendes Pferd abgegeben hatte. Sie waren alle weg.

Das Mädchen weinte. Nicht still und zurückhaltend, sondern laut und fassungslos. »Wo sind meine Tiere?«

»Jetzt halt bloß den Rand, du dummes Gör! Das ist hier 'n Schlafzimmer und kein Zoo. Wo sollen die Viecher schon sein? Zu meiner Nichte hab ich sie gebracht, die kann so 'n Zeug noch brauchen. Du spielst ja sowieso nicht mehr damit. Und wenn du jetzt nicht sofort aufhörst zu jaulen, kriegst du von mir so eine gedonnert, daß du weißt, wieso du heulst!«

Nicht mehr damit spielen! Wo denn auch?! Sitzt man vielleicht auf einem Stuhl an einem Tisch in einer Eßecke und spielt dabei mit Plüschtieren? Wo sie doch jetzt sowieso immer so tun mußte, als ob sie wie verrückt lernte. Allenfalls ihr Bett hätte die passende Landschaft für ihre Freunde abgegeben, aber sie mußte ja abends immer sofort das Licht ausmachen.

Wie gut, daß sie neulich ihre Barbie samt Zubehör bei ihrer Freundin untergebracht hatte. Die hatte ein ganzes Zimmer für sich allein und genug Platz, so daß das Mädchen ihr Spielzeug nicht ständig hin- und hertragen mußte. Vermutlich wäre das Zeug sonst jetzt auch bei dieser dämlichen Nichte. Ha! Sie kannte die blöde Kuh. Sie war halb so alt wie sie selbst, Einzelkind und erstickte fast in dem Plunder, mit dem ihre Mutter sie überhäufte. Was wollte die mit ihren Spielsachen? Und überhaupt: Durfte er das?

»Nun reg dich bloß wieder ab«, sagte ihre Mutter. »Du spielst doch sowieso nicht mehr damit.«

Nachdem er ihre liebsten Dinge aus dem Schlafzimmer verbannt hatte, war es nur noch eine Frage der Zeit, bis ihm auch die ohnehin schon auf das Nötigste reduzierte Anwesenheit des Mädchens dort auf die Nerven ging.

Sie wäre froh gewesen über ein eigenes Reich, Wände, Fenster und eine Tür, die sie fest hinter sich zumachen konnte.

Aber wo? So eine Hochhauswohnung ist schnell aufgeteilt, wenn man ein Zimmer zum Wohnen, eins zum Schlafen und eins für den großen Bruder einplant.

Doch es fand sich ein Weg. Der Eßtisch wurde vom Flur zu den anderen Möbeln ins Wohnzimmer gestellt, und in die ehemalige Eßecke kam nun die Tochter. Zwar konnte von einer Tür keine Rede sein, aber als sie das erste Mal den schweren Vorhang hinter sich zuzog, der zumindest in der Nacht eine ganze Wand ersetzen mußte, empfand sie dieses Eckchen doch als etwas eigenes. Aber es war eng, sehr eng. Der kleine Schreibtisch mit dem alten Küchenstuhl, der schmale Sperrholzschrank und das hochgeklappte Bett füllten den Platz vollständig aus. Allerdings ließ tagsüber der geöffnete Vorhang etwas von der Weitläufigkeit des endlosen Flurs durchscheinen. Abends jedoch, wenn das Bett heruntergeklappt werden mußte, blieb für das Mädchen kein anderer Platz als eben im Bett.

Hier lebte sie nun. Hier schlief sie, hier machte sie ihre Hausaufgaben, hier übte sie mit ihrer Querflöte, hier träumte sie. Ihren Spielen widmete sie sich fast nur noch außer Haus; sie hatte ihre Barbiesachen noch nicht wieder bei der Freundin abgeholt, sondern im Gegenteil noch einiges andere dorthin gebracht.

Zu sich nach Hause mochte sie ohnehin niemanden mitnehmen, es wäre doch zu peinlich gewesen, wenn der Onkel mit den anderen Mädchen genauso gesprochen hätte, wie er es mit ihr immer tat. Außerdem hatte er für ihre Spiele überhaupt kein Verständnis.

Zum Beispiel nicht dafür, daß sie sich schminkten. Wie sollte man glaubwürdig eine erwachsene Frau darstellen, wenn man sich nicht schminkte?

Außerdem liebte das Mädchen Nagellack. Nicht den grellen orangeroten, aber den farblosen oder den perlmutt schimmernden oder den rosafarbenen oder oder oder. Alle ihre Freundinnen besaßen welchen, selbst die kleine siebenjährige Bettina, oder sie durften den ihrer Mütter ausleihen. Sie nicht. Wenn sie ihre Nägel bemalte, setzte es unweigerlich Prügel. Und ihr Onkel beschimpfte sie mit Worten, die für die Mutter, die auch lackierte Nägel hatte, nicht galten. Es hatte keinen Zweck. Sie liebte Nagellack, aber sie durfte keinen benutzen.

Dann kam Bettinas Mutter auf eine wunderbare Idee: Sie war im Besitz eines Puders, der, auf die Nägel aufgetragen und mit einer weichen Bürste verrieben, die Fingernägel herrlich glänzen ließ. Das Mädchen war begeistert.

Aber sie hatte wiederum Pech. Als der Onkel schon zum Schlag ausgeholt hatte, weil ihre Nägel im Licht der Lampe so schön schimmerten, konnte die Mutter mit der Bemerkung »Die sind doch nur poliert« zwar eine Tracht Prügel verhindern. Das Mädchen wurde aber unter wüsten Beschimpfungen zum Nägelbürsten ins Bad geschickt. Also hatte auch dieser schöne Trick nichts genützt.

Zukünftig widmete sie sich ihren Fingernägeln auf andere Art und Weise: Sie kaute sie ab und fand sie bald so häßlich, daß sich ein Lackieren sowieso nicht gelohnt hätte. Sie mußte nur aufpassen, daß der Onkel oder ihre Mutter sie nicht beim Nägelkauen erwischten.

11.

Am nächsten Morgen klemmte sich Marie ans Telefon. Der Anruf lag ihr schwer im Magen. Als sie die Nummer ihres Bruders wählte, war ihr noch nicht klar, wie sie das Gespräch beginnen sollte. Doch es stellte sich heraus, daß dies zunächst kein Problem sein sollte.

»Frei!«

Ihre Schwägerin bellte derart in die Muschel, daß Marie erschrak.

»Hier auch. Hallo, Sabine!«

Es dauerte einen Moment, bis Sabine Frei ihre Schwägerin erkannte. »Ach nee! Die schlaue Marie. Was treibt dich denn zu deiner minderbemittelten Verwandtschaft?«

Marie verdrehte die Augen. Man konnte nicht gerade behaupten, daß ihre Familie stolz auf den einzigen Abkömmling war, der jemals eine Universität von innen gesehen hatte. Sie beschloß, sich auf keinen entsprechenden Schlagabtausch einzulassen, zumal ihre Schwägerin, die ihren Bruder mit sechzehn ›heiraten mußte‹, weder über einen Schulabschluß noch über eine Ausbildung verfügte.

»Grüß dich, Sabine. Wie geht's dir?«

»Vier Kinder und der Alte im Knast – wie soll's mir da schon gehen?« war die patzige Antwort.

Marie fiel aus allen Wolken. »Vier Kinder! Und Lars sitzt im Gefängnis?«

»Wenn du dich alle Jubeljahre mal um deine Leute kümmerst, dann mußt du dich nicht wundern, wenn zwischendurch mal ein paar neue dazugekommen sind«, schnaufte Sabine in den Hörer. »Soll bei Ehepaaren schon mal vorkommen, daß sie sich vermehren. Ich nehme an, das Fräulein Blaustrumpf hat immer noch keinen abgekriegt?«

Oje! Marie war immer noch fest entschlossen, sich nicht mit ihrer Schwägerin zu streiten. Lars war ein knackiger, umschwärmter junger Mann gewesen, der sich nie ernsthaft auf eine Frau eingelassen hatte. Marie erinnerte sich lebhaft, wie einmal ein Mädchen aus der Nachbarschaft hartnäckig ihre, Maries, Freundschaft gesucht hatte, um, wie sich später herausstellte, auf diese Weise an den begehrten Bruder heranzukommen. Keine konnte ihn ernsthaft für sich interessieren, keine konnte ihn halten.

Aber Sabine, die unscheinbare Sechzehnjährige, war schwanger geworden. Zehn Jahre war das her, und in dem katholischen Kaff im Münsterland, in dem sie damals lebte, galten uneheliche Kinder wie seit jeher als Todsünde. Sabines Vater und ihr ältester Bruder hatten sich den damals sechsundzwanzigjährigen Lars vor die Brust genommen, und Marie war eine Einladung zur Hochzeitsfeier ins Haus geflattert. Bei dieser Gelegenheit hatte sie den Teenager kennengelernt und inständig gehofft, es würde zunächst bei dem einen Kind bleiben, damit Sabine vielleicht doch noch eine Ausbildung absolvieren würde.

Daß dies wohl nicht geschehen war, konnte Marie sich jetzt an vier Fingern abzählen.

»Vier! Mensch, Sabine. Du bist jetzt sechsundzwanzig, ohne Ausbildung und hast vier Kinder am Hals! War das denn nötig?«

»Du hast deinen Bruder, den Knasti, vergessen«, konterte Sabine. »Der war an den Blagen übrigens auch beteiligt, irgendwie.« Sie kicherte.

»Seit wann sitzt er? Und wieso?« wollte Marie wissen.

»Och, er hat die Kurze noch nicht laufen sehen. Ein gutes Jahr isser wohl drin. Hat 'n paar Autos geknackt und sich erwischen lassen.«

Marie stöhnte. »Wovon lebst du mit deinen Kindern?«

»Stütze, was denn wohl sonst? Und meine Alten schieben ab und an mal was rüber. Sag mal ...« – Marie konnte förmlich hören, wie ihre Schwägerin etwas bekam, was diese für einen Geistesblitz hielt – »Sag mal, wie geht's dir denn eigentlich?« Sabine hatte die Tonart gewechselt. »Bist du eine von diesen arbeitslosen Lehrern, oder kannste deiner armen Verwandtschaft nich' mal 'ne müde Mark rüberwachsen lassen? Du könntest dich ruhig auch um deine Nichten und Neffen kümmern!«

»Versuch nicht, mich anzupumpen, Sabine«, erwiderte Marie. Sie hatte keine Lust, ihrer Schwägerin zu erklären, wie teuer eine Ausbildung wie die ihre sein konnte, wenn frau nicht mit dem sprichwörtlichen Löffel im Mund zur Welt gekommen war. »Erzähl mir lieber, in welchem Knast er sitzt.«

»Na, gleich bei dir um die Ecke. Oder meinste etwa, die schicken ihn in einen Luftkurort zum Brummen?« Sabine kicherte wieder, womit sie Marie heftig auf die Nerven ging. Sie tauschte noch ein paar Floskeln mit ihrer Schwägerin aus und knallte kurze Zeit später den Hörer auf die Gabel.

»Verfluchte Scheiße.« Ihre Finger trommelten ein nervöses Stakkato auf der Platte des Schreibtischs, dessen Gelassenheit im Moment leider gar nicht auf sie abfärbte.

Lars mal eben anzurufen und zu fragen, wie er die Zeit mit Onkel Willi in Erinnerung hatte, war eine Sache gewesen – obwohl Marie immer noch nicht in der Lage war, sich ein solches Gespräch auszumalen: »Ach übrigens, hat er dich auch ...?« Aber ihn zu besuchen, und dann auch noch im Knast, das war ja noch mal eine ganz andere Geschichte.

Marie war nicht gerade das, was Männer mit Regierungsmacht als eine gesetzestreue Staatsbürgerin bezeichnet hätten. Sie hatte Munitionsdepots blockiert, auch mal gegen einen Politiker die Trillerpfeife erhoben und den VolkszählerInnen jegliche Auskunft verweigert. Sie war immer ungeschoren davongekommen, aber für einige ihrer FreundInnen mußten seinerzeit Spendenaktionen gestartet werden, damit sich die Bußgeldbescheide nicht wegen Zahlungsunfähigkeit in Knastaufenthalte verwandelten.

Aber Autodiebstahl? Wenn man mal davon absah, daß Marie selbst für einen kleinen Ladendiebstahl viel zu feige war – wer war schon so bescheuert und klaute ausgerechnet ein Auto? Autos gab's wie Sand am Meer, in zig Varianten und Preisklassen, sie kosteten horrende

Steuern und Versicherungsgebühren, sie brauchten teures Benzin, stanken und waren sowieso vom Fahr- zum Gehzeug mutiert.

Aber das war typisch für Lars. Ein absoluter Autofreak war er schon immer gewesen. Einer von den Typen, auf die der Lappen schon Wochen vor dem achtzehnten Geburtstag wartete – und er auf ihn. Die sich für ein paar hundert Mark eine abgenudelte Rostlaube kauften, einmal ordentlich Gas gaben und sich, vielleicht schon am ersten Tag, mit ihrem Liebling auf der Landstraße um eine deutsche Eiche wickelten; ohne angeschnallt gewesen zu sein natürlich. So ein Ding hatte Lars auch gebracht.

Seine größte Sorge im Krankenhaus war gewesen, wie lange er wohl auf den Führerschein würde verzichten müssen, neben so kleinen »Problemchen« wie dem, ob seine Beifahrerin den Lungenriß wohl überleben würde oder nicht.

Marie seufzte. Daß ihr Bruder ein Idiot war, hatte sie jahrelang erfolgreich verdrängt. Aber jetzt standen ihr wieder diverse Einzelheiten vor Augen. Führerscheinentzug wegen Trunkenheit am Steuer, Fahren ohne Führerschein und und und. Immerhin hatte er seine Lehre abgeschlossen – als Kraftfahrzeugmechaniker natürlich. Aber jeder neue Gebrauchtwagenkauf und jeder neue Unfall war natürlich auch mit Kosten verbunden gewesen. Ganz zu schweigen von seinen jetzt vier Kindern. Dann war er wohl inzwischen auf krumme Touren verfallen, um seinen Etat aufzubessern.

Sie waren immer wie Hund und Katze gewesen – der schlanke, blonde Junge und seine dunkelhaarige, pummelige Schwester. Marie erinnerte sich, wie sie sich als Kinder geprügelt hatten; keine harmlosen Neckereien oder kleine Raufereien, die nach fünf Minuten in einer Versöhnung endeten, sondern immer knallharte Auseinandersetzungen, in denen es einen Sieger und einen Verlierer gab. Meistens eine Verliererin.

Auch als sie heranwuchsen, hätte der Gegensatz zwischen beiden nicht größer sein können. Nur als ihr Vater starb, waren sie sich eine Zeitlang näher gekommen. Sie waren keine richtige Familie mehr; da mußten wenigstens sie zusammenhalten.

Wann hatte das eigentlich aufgehört? Und warum? Marie war so sehr daran gewöhnt, daß sie und Lars sich nichts zu sagen hatten, daß sie sich diese Fragen noch nie gestellt hatte. Sie hatte auch noch nie darüber nachgedacht, was ihren Bruder eigentlich trieb – auf die Landstraßen, an die Bäume, in Todesnähe. Dabei lag der Gedanke so nah wie das Telefonbuch.

Wilhelm Schraube hatte ihr, Maries, Leben von Grund auf verändert. Da dem Mädchen niemand half, mußte sie sich selbst helfen. Aufgeben oder durchhalten; Marie hatte sich fürs Durchhalten entschieden und alles darangesetzt, aus dieser Familie herauszukommen – und nie wieder zurückkehren zu müssen. Manch eine, der Marie Einblick in ihre Geschichte gewährt hatte, fand die Stärke und Beharrlichkeit bemerkenswert, mit der sie ihr Leben aus den Niederungen ihrer Jugend immerhin auf die Höhen einer akademischen Laufbahn geführt hatte.

Vielleicht war Lars nicht so stark gewesen. Vielleicht war er aber auch einfach nur ein Idiot. Marie spürte, wie ihre Abneigung gegen den Bruder wieder die Oberhand gewann. Trotzdem würde sie ihn fragen.

Sie würde ihn im Knast besuchen. Marie seufzte noch einmal, suchte sich aus dem Telefonbuch die Nummer der Strafanstalt heraus, wählte und ließ sich die Besuchszeiten sagen.

Mit dem Fahrrad fuhr sie zwei Tage später zu dem altertümlichen Gebäude aus rotem Backstein an der Gartenstraße. Es stammte noch aus der Jahrhundertwende und hatte ein paar Türmchen, die Marie lustig fand. Wenn da nicht die vergitterten Fenster gewesen wären, hätte es eine Brauerei oder irgendein anderes traditionsreiches produzierendes Gewerbe beherbergen können.

Marie schloß ihre Leetze ab und spazierte zum Pförtner, wies sich aus und wurde von einem Vollzugsbeamten in den Besucherraum geführt, der in kleinere Einheiten mit jeweils einem Tisch und mehreren Stühlen aufgeteilt war. Zwei mal zwei Meter groß, dienten sie für Gespräche mit Gefangenen, die zwar beobachtet, aber nicht mitgehört werden sollten. Marie wurde angewiesen, Platz zu nehmen, und nutzte die Wartezeit zu einem Plausch mit dem Vollzugsbeamten. Der kleine, in eine blaue Uniform gezwängte Mittfünfziger erwies sich durchaus als gesprächig.

»Kennen Sie meinen Bruder, den Lars Frei?«

»Ach sieh an, das ist Ihr Bruder? Hätte ich jetzt nicht gedacht, wo Sie doch so 'n nettes Mädchen sind.«

Marie hatte ihre Gesichtsmuskeln nicht ganz unter Kontrolle, weshalb ihre Augenbrauen sichtbar nach oben rutschten. Die Botschaft kam an.

»'tschuldigung, 'ne nette Frau, wollte ich sagen. Also, der Frei, das ist ein Sturkopp, immer mit dem Kopf durch die Wand. Seit er in der Kleiderkammer arbeitet, ist es allerdings ein bißchen besser geworden.«

»Was macht er denn da?«

»Na, das Übliche, Entlassungen, Abgänge, Zugänge neu einkleiden, Wäsche ausgeben und so. Stupide Arbeit, aber bei den Gefangenen sehr beliebt. Ihren Bruder haben wir deshalb dazu eingeteilt, damit er ein bißchen unter der Obhut von ein paar Älteren ist. Er ist ja erst zum zweiten Mal drin, und ein paar Regeln muß er noch lernen ...«

Während Marie sich ihre Verwunderung darüber, daß dies nicht der erste Gefängnisaufenthalt ihres Bruders war, nicht anmerken ließ, führte ein Beamter Lars Frei über die Gitterflure hinauf zur Hauptzentrale.

Frei wußte überhaupt nicht, wie ihm geschah. Er erwartete keinen Besuch, auch nicht von seinem Anwalt. War das schon wieder eine Falle? Gerade vor drei Tagen hatte der neben ihm gehende Wachmann seinen Bau gefilzt. Mit vier Mann hatten sie ihn aus der Zelle geholt. Zwei hielten ihn an den Händen, zwei an den Füßen. Der durchsuchende Beamte hatte jeglichen verbotenen Fund – wie ein zusätzliches Päckchen Zigaretten oder mehr als ein Pfund Kaffee – mit ›handfesten‹ Kommentaren begleitet. In Frei stieg immer noch die Wut hoch, wenn er daran dachte, wo der Gummiknüppel des Blauen überall gelandet war. Wachsam und auf der Hut nahm er mit zunehmendem Mißtrauen wahr, daß er zum Besucherzimmer geführt wurde.

Marie hatte inzwischen festgestellt, daß sie nicht die einzige war, die die Besuchszeit nutzte. Das hatte sie vorher nicht bedacht. Sie musterte die Frau mit den beiden kleinen Jungen, die am anderen Ende des Raums auf jemanden warteten, und hoffte, daß ihr Gespräch einigermaßen ungestört verlaufen würde. Wie sie es führen sollte, war Marie immer noch nicht klar. Sie hatte beschlossen, der Begegnung einfach ihren Lauf zu lassen.

Lars Frei wurde in den kleinen Raum geführt, und vor Marie stand ihr Bruder, den sie seit zehn Jahren nicht mehr gesehen hatte. Er war immer noch ein gut gebauter, attraktiv aussehender Mann von mittlerweile 36 Jahren. Er hatte sich kaum verändert, nur der leicht zynische Zug um den Mund und der wachsame Blick waren ihr neu.

»Hallo, Lars«, Marie stand auf und ging ihm ein Stück entgegen. »Herzlichen Glückwunsch zur Geburt deines zweiten, dritten und vierten Kindes.«

»Marie!« Verblüfft musterte Lars seine jüngere Schwester von oben bis unten. »Was willst du denn hier?«

»Also, als erstes wollte ich dir zu deiner stolzen Kinderschar gratulieren.« Marie sah ihn herausfordernd an.

»Pah.« Lars Frei lümmelte sich auf einen Stuhl und schnaubte verächtlich. »Weiß ich, ob die alle von mir sind?«

Marie holte tief Luft und setzte sich ebenfalls. »Du bist immer noch ein Arschloch.« Es war mehr eine Feststellung als ein Vorwurf.

»Bist du hier reingekommen, um mir das zu erzählen? Immer noch die Superschlaue, was?« Er beugte sich vor. »Ich hab keinen Bock auf eine Predigt von dir. Sag, was du zu sagen hast, und verzieh dich wieder. Ich hab dich nicht um deinen Besuch gebeten.«

Marie mußte insgeheim zugeben, daß ihr Einstieg einem trauten Geplauder nicht gerade förderlich gewesen war. Nun ja, dann konnte sie auch ebenso gut in dieser Tonart weitermachen. Rauswerfen konnte er sie hier ja wohl kaum.

»Wieso bist du hier?« bemühte sie sich um Sachlichkeit.

»Alles olle Kamellen. In einem halben Jahr bin ich wieder draußen.«

»Du hast Autos geknackt.« Wieder eine Feststellung.

»Die kleine Schlampe läßt aber auch keine Gelegenheit aus, um über ihren Gatten zu tratschen. Ich hab gut verdient dabei.« Selbstzufrieden lehnte Lars sich wieder zurück und angelte in der Brusttasche nach seinen Zigaretten.

»Gut verdient! Sabine sagt, sie lebt mit den Kindern von der Sozialhilfe.« Marie konnte es nicht lassen.

»Marie!« Lars zündete sich eine Zigarette an, blies den Rauch aus und starrte sie durch die graue Wolke mit zusammengekniffenen Augen an. »Ich hab's dir gesagt. Noch eine Predigt, und unser kleiner Plausch ist beendet. Rück lieber raus mit der Sprache. Hat einer aus unserer buckligen Verwandtschaft das Zeitliche gesegnet?«

Marie sah ihn erstaunt an. »Wie kommst du darauf, daß ich wegen sowas hierherkäme? Du weißt, daß ich mit dieser Familie nichts mehr am Hut habe.«

»Trotzdem bist du hier. Also, was willst du?« fragte er noch einmal.

»Willi Schraube«, sagte Marie.

»Willi Schraube? Was soll das? Lebt der überhaupt noch?«

Kurz ging Marie der Gedanke durch den Kopf, daß sie bereits das zweite Mal mit der Annahme konfrontiert wurde, der Kerl könnte bereits tot sein. Eigentlich gar keine so schlechte Idee, dachte sie insgeheim.

»Darauf kannst du Gift nehmen. Vielleicht wird er ja demnächst dein Zellennachbar.«

»Ist ja hochinteressant«, meinte Lars abwesend. Er begutachtete eingehend seine Fingernägel. »Hat er etwa auch 'n Auto geknackt?«

»Ein Kinderschänder.«

Jetzt hatte Marie wieder seine Aufmerksamkeit.

»Hat 'ne Vierzehnjährige angemacht. Der Prozeß ist demnächst.«

»Und?«

Es kam Marie so vor, als wäre ihr Herzklopfen im ganzen Raum zu hören. Sie mußte sich räuspern. »Mich hat er auch vergewaltigt.«

»Wann?«

»Damals.«

»Und?« Lars trat seine Kippe auf dem Fußboden aus und studierte eingehend die Überreste.

»Wußtest du davon?«

Jetzt betrachtete er seine Schuhspitze.

Maries Stimme war leiser geworden, aber immer noch gut verständlich. »Lars, hat er dich auch angefaßt?«

Sie sah, wie ihr Bruder die Farbe wechselte. Er wurde erst blaß, dann knallrot. Er stand so plötzlich auf, daß der Stuhl geräuschvoll umkippte. Er schrie: »Du blöde Kuh, was willst du mir anhängen? Sehe ich so aus, als würde ich mir von so 'nem geilen Bock in 'n Arsch ficken lassen?«

Die Frau am anderen Ende des Raums und ihre Kinder sahen erschrocken zu Marie und Lars, während der Typ, den sie besuchten, vor sich hingrinste. Gleichzeitig kam der Wachmann, der sich die ganze Zeit in der Nähe der Tür herumgedrückt hatte, und rief dröhnend: »Hey! Hier wird nicht randaliert. Nehmen Sie sich doch zusammen, Mann!«

Marie versuchte, Lars zu beruhigen: »Es war nur eine Frage, Lars, keine Unterstellung und keine Verdächtigung. Reg dich ab.«

Vergeblich. Lars schüttelte den Kopf, sah sie mit zusammengekniffenen Augen an und sagte nur: »Hau bloß ab.«

Er winkte dem Aufsichtsbeamten und ließ sich abführen.

Aufgewühlt verließ Marie die Justizvollzugsanstalt.

Sie war entsetzt.

Das konnte, das durfte doch alles einfach gar nicht wahr sein.

Ihr Herz klopfte. Ihr Kopf schwirrte, wenn sie versuchte zu verstehen, was da gerade passiert war. Als sie es noch einmal vor Augen hatte, wurde ihr übel.

Und sie fühlte sich gedemütigt. Er hatte sie wieder geschlagen. Er hatte sie geschlagen, weil sie sich geweigert hatte, ihre Hose auszuziehen.

Ihr Herz klopfte, als wollte es gleich zerspringen. Ihre Wangen brannten, sie schämte sich so. Es war wie immer gewesen. Wie immer, wenn er wollte, daß sie etwas tat, was sie gar nicht tun wollte, schlug er sie, so daß sie es schließlich doch tat.

Sie begann zu weinen. Vorhin hatte sie auch weinen müssen, aber er hatte auf sie eingeprügelt, bis sie wieder damit aufhörte.

Und dann ... Ihr Herz gab einfach keine Ruhe. Weil sie sich geweigert hatte, hatte er ihr selbst die Hose hinuntergezogen, die Unterhose auch. Sie war allein mit ihm in der Wohnung gewesen, und er hatte sie ins Badezimmer gezerrt. Er hatte sie ins Badezimmer gezerrt, die Tür hinter ihnen zugemacht und sie angebellt, sie solle ihre Hose ausziehen. Für ihre Weigerung hatte sie einen Schlag ins Gesicht kassiert, und als sie zu weinen begonnen hatte, hatte er gleich noch einmal zugeschlagen. Dann hatte er sich an ihrem Gürtel zu schaffen gemacht, und sie hatte sich nicht mehr gewehrt. Sie stand im Badezimmer und weinte, und er haute ihr noch eine runter, damit sie wieder aufhörte. Er drehte sie mit dem Gesicht zur Badewanne und machte sich hinter ihrem Rücken an seiner eigenen Hose zu schaffen. Er befahl ihr, sich zu bücken, und ...

Sie schloß die Augen. An den Rest wollte sie nicht mehr denken, nie mehr. Sie versuchte, ihr Herz zu beruhigen, indem sie die Luft anhielt. Irgendwann war es vorbeigewesen, und irgendwie hatte sie aus dem Bad fortlaufen können. Jetzt war sie allein und in Sicherheit, und sie wollte nie, nie mehr daran denken.

12.

Nachdem Marie ihr Fahrrad aufgeschlossen hatte, blieb sie im Schatten des Gefängnisses stehen und sah sich um.

Es war ein kalter, unfreundlicher Herbsttag, und sie fröstelte. Ihr Vorhaben, heute noch in die Fachbereichsbibliothek zu gehen, war bereits auf den Stufen zwischen dem Besucherraum und dem Eingangstor gestorben. Nach Hause wollte sie ebenfalls nicht, sie wollte jetzt nicht allein sein.

Sie schaute auf die Uhr. Edith würde noch arbeiten, aber Silke, Silke war ja eigentlich immer zu Hause.

Marie schwang sich auf die Leetze und steuerte das nächste Telefonhäuschen an. Nachdem sie aus den Tiefen ihrer Tasche die Telefonkarte herausgefingert und die Glastür geöffnet hatte, mußte sie feststellen, daß der Apparat kaputt war. Fluchend steckte sie das Plastikding wieder ein, zog sich den Schal über die Ohren und beschloß, ohne Anmeldung bei Silke reinzuplatzen.

»Frau Frei!« Olli Odenthal hatte sich über das Treppengeländer gelehnt, um die unerwartete Besucherin frühzeitig identifizieren zu können. Seine Stimme klang unangenehm berührt.

»Hallo, Herr Odenthal!« Marie war immer wieder belustigt angesichts des blöden Spiels von Silkes Ehemann, die Freundinnen zwar zu duzen, aber mit ihren Nachnamen anzureden. Vermutlich wollte er damit seine Distanz zu den Frauen ausdrücken, aber Marie hatte sich Olli sowieso noch nie besonders nahe gefühlt.

Na ja, die jeweiligen Männer waren zwischen den Freundinnen schon immer ein Problem gewesen. Das lag vermutlich daran, dachte Marie, während sie die letzten Stufen zu der Odenthalschen Wohnung erklomm, daß frau den Frauen, die einer am Herzen lagen, immer bessere Typen wünschte, als sie das konkrete Leben zu bieten hatte. Sie dachte an Silkes Gesicht, wenn die Rede auf Robbi kam, den langhaarigen Physikstudenten, mit dem

Marie immerhin drei Jahre ihres Lebens ihre Wohnung geteilt hatte. »Was du an dem gefunden hast«, sagte sie jedesmal kopfschüttelnd, »das werde ich nie begreifen.«

Sie stand im ersten Stock des schönen, alten Wohnhauses und sah Olli schelmisch an. »Na, frönt die deutsche Beamtenschaft so früh am Tag schon dem kollektiven Freizeitpark?«

»Vorsichtig«, knurrte er, »ich hab heute schon meine acht Stunden hinter mir.«

Marie grinste, während sie hinter ihm die Wohnung betrat. Er verstand einfach keinen Spaß. Sie pellte sich aus ihrer Lederjacke und lugte sie ins Wohnzimmer, wo Silkes Älteste mit ihrer kleinen Schwester vor der Glotze saß.

»Hallo, ihr zwei!« rief sie, mußte aber feststellen, daß sie gegen die eisblaue Video-Meerjungfrau keine Chance hatte.

Oliver blieb auf dem Weg zur Küche kurz stehen, sagte: »Silke ist in Sybilles und Susannes Zimmer«, ging weiter und machte die Küchentür fest hinter sich zu. Marie hängte ihre Jacke an den letzten freien Haken der Garderobe und betrat das größte Zimmer, das die geräumige Altbauwohnung zu bieten hatte.

Susi, der jüngste Ableger von Silke und Olli, spielte vergnügt auf ihrem Bett mit einem überdimensionalen Teddybären, während sich Silke mit hochroten Wangen durch den Kleiderschrank wühlte.

»Hallo, Suse.« Marie verwuschelte das dichte Haar der Kleinen, die hinter dem Schnuller zu grinsen begann.

»Nenn sie doch nicht so.« Silke tauchte mit ein paar winzigen Strampelhosen in der Hand aus den Tiefen des Schranks auf und umarmte die Freundin flüchtig. »Du weißt doch ...«

»Oliver hört das gar nicht gern.« Marie deutete auf die Kinderkleidung in Silkes Hand. »'n bißchen eng, oder nicht?«

»Bin gerade beim Aussortieren.« Während sich Marie neben Susanne auf das Kinderbett setzte, ließ Silke sich auf dem Fußboden nieder.

»Neulich kam Anna mit einer Freundin aus der Schule, die sie die ganze Zeit ›Anni‹ rief. Oliver hat sich maßlos aufgeregt und immer wieder gesagt ›Sie heißt Anna, Anna mit a!‹« Silke hob die Schultern und ließ sie wieder fallen.

»Und Bille versucht er ebenfalls auf ihren vollständigen Namen umzuerziehen. Anni, Bille und Susi Odenthal – das verkraftet Olli einfach nicht.« Die Frauen lachten.

»Na ja, dafür hat er neben seinen Macken auch ein gutes Händchen für Annas Lehrerin«, beeilte Silke sich, den Ruf des Gatten zu retten. »Ich habe dir doch von unserem Streit neulich abends erzählt ...«

Marie hob den Kopf. »Wegen der Schule meinst du?«

»Genau, und er hat tatsächlich am nächsten Tag mit Frau Bauer gesprochen. Zuerst war sie wohl ein bißchen distanziert und hat gesagt, die Probleme auf dem Schulhof wären ganz normal. Ab der zweiten Klasse würde sich das legen. Aber dann hat Olli ihr von Annas Schlafstörungen erzählt und davon, wie kaputt sie oft ist. Daraufhin hat sie versprochen, mit den SchülerInnen über ihr Verhalten auf dem Schulhof zu reden. Anna kam zwei Tage später ganz begeistert zurück. Die Klasse hat nämlich beschlossen, eine Kampagne ›Schulhof ohne Gewalt‹ zu starten. Anna war total glücklich.«

Marie nickte gedankenverloren. Schön, daß es so engagierte LehrerInnen gibt, dachte sie bei sich, war aber nicht so ganz bei der Sache.

»Ich wollte dich übrigens heute abend sowieso anrufen«, verkündete Silke, während sie weitere Strampler aus dem Schrank kramte. »Heute hatte ich tatsächlich Schraubes Schwester am Apparat.«

»Die Schraubzwinge?« Marie schüttelte sich.

»Genau – nach zwei falschen ›Zwingen‹ bin ich endlich bei der Richtigen gelandet. Sie war direkt am Apparat. Ich also mein Sprüchlein aufgesagt – von wegen Journalistin, Artikel über den Fall in Ahlen – und das war's dann auch schon.«

Mühsam um Beherrschung ringend, ahmte Silke den gestelzten Tonfall Frau Zwinges nach. »Verehrte Frau

Journalistin, ich bin nicht bereit, mit Ihnen über meinen Bruder zu reden. Wenn Sie etwas wissen wollen, wenden Sie sich an seinen Anwalt.«

Laut lachend legte Silke die Kinderwäsche zur Seite. »Ich glaube, die guckt zu viele Krimis.«

Marie lächelte. Sie konnte sich Schraubes Schwester genau vorstellen. Doch beim zweiten Gedanken an diese völlig verkorkste Familie erstarb das Lächeln.

»Und du?« Silke musterte Marie. »Welche Laus ist dir über die Leber gelaufen?«

Marie nahm Susanne auf den Schoß und zog an dem Schnuller, den die Kleine mit aller Kraft festhielt. »Die Laus heißt Lars.«

»Was? Hast du etwa von ihm gehört? Quatsch, du hast ihn angerufen, stimmt's?« Silke sah sie erwartungsvoll an und begann dann, die Strampelhosen zu falten.

»Ich habe ihn besucht,« begann Marie ihren Bericht. »Im Knast.«

Silke sah auf. »Ach nein.«

»Ach ja. Er sitzt. Übrigens nicht das erste Mal, wie ich nebenbei erfahren habe.«

»Hat der nicht auch eine Familie?« versuchte sich Silke zu erinnern.

»Eine Frau und vier Kinder; die bekommen zur Zeit Sozialhilfe. So einträglich waren seine krummen Geschäfte nicht, daß sie jetzt in Saus und Braus davon leben könnten. Autodiebstahl.«

»Vier.« Silke stand ächzend auf und reckte sich. »Ich mußte Oliver ja schon das dritte sozusagen aus den Rippen leiern, aber vier ...«

»Er behauptet, sie wären vielleicht gar nicht von ihm.« Marie zog noch einmal an dem Schnuller und war erfolgreich, was das Mädchen mit lautem Protest quittierte. Schnell verstöpselte sie das Kind wieder.

»So einer ist das!« Silke wandte sich wieder dem Kleiderschrank zu. »Und was sagt er über Schraube?«

»Er hat zweimal die Farbe gewechselt, von normal nach weiß nach rot«, erzählte Marie. »Und dann ist er völlig ausgeflippt. Er hat mich beschimpft und mich gefragt, ob ich ihm was anhängen wolle. Und dann wollte er noch wissen, ob er wie einer aussähe, der sich ... na ja, du weißt schon. Er ließ sich überhaupt nicht beruhigen und hat sich statt dessen von so einem blauen Männchen wieder in seine Zelle bringen lassen.«

»Und was schließen wir daraus?« Silke tauchte mit einem neuen Schwung Säuglingsbekleidung auf.

»Keine Ahnung.« Marie ließ den Teddy knurren, und Susanne gluckste. »Was meinst du?«

»Ich bin mit Knastis nicht so vertraut. Kann ja sein, daß ihm einer seiner Zellennachbarn gestern abend ein homosexuelles Angebot gemacht hat und er deswegen heute so ausgerastet ist.« Silke sah Marie an. »Du kennst ihn besser.«

»Sei dir da nicht so sicher.« Marie drehte das Stofftier zwischen ihren Händen, und der Bär knurrte noch einmal. »Eigentlich bin ich eher erstaunt, daß ich mit einem solchen Idioten so nah verwandt bin.«

»Weißt du was? Ich auch!« Silke hatte die restlichen Babyklamotten nun ebenfalls säuberlich gefaltet und stand auf.

»Komm, laß uns in der Küche was trinken.«

Mit der nuckelnden Susi auf Silkes Armen verließen sie das Kinderzimmer. In der Küche war Oliver mitten in den Vorbereitungen für einen Auflauf.

Marie fand Odenthals Küche bemerkenswert. Erstens enthielt sie von der Geschirrspülmaschine über den elektrischen Brotschneider bis hin zur Mikrowelle alles an moderner Küchentechnik, was entsprechende Hersteller heute so zu bieten hatten und für dessen Anschaffung Marie viel zu geizig war. Und zweitens hatte sich Oliver in einer Ecke ein Regal hergerichtet, auf dem diverse Pokale, gerahmte Zeitungsausschnitte und Mannschaftsfotos von der Leidenschaft des einstigen Fußballers zeugten. ›Ollis Altar‹ nannte Silke das Ganze, wenn ihr Mann nicht in Hörweite war. Sonst sagte sie natürlich ›Olivers Altar‹. Marie warf wie jedesmal einen Blick darauf und stellte fest, daß auch heute kein Stäubchen zu finden war.

Silke setzte Wasser auf, als ihr eine Idee kam.

»Sag mal«, wandte sie sich an ihren Angetrauten, »stell dir doch mal vor, der Trainer aus deiner Jugendmannschaft wäre jetzt als Kinderschänder enttarnt worden. Wenn dich heute jemand fragen würde, ob er sich dir seinerzeit auch genähert hätte: Wie würdest du reagieren, so ganz spontan?«

Marie schaute überrascht auf Silke und dann gespannt auf deren Mann.

Olli zuckte nicht mit der Wimper. Er kratzte sich mit dem Griff der Knoblauchpresse am Kopf, sah seine Frau an und sagte: »Sehe ich so aus?«

Die beiden Frauen wechselten einen Blick, und Marie zuckte die Schultern. »Scheint 'ne Standardantwort zu sein.«

»Nur, daß er ein bißchen ruhiger geblieben ist, findest du nicht?« Silke setzte ihre Jüngste auf den Küchenboden.

»Gebt euch keine Mühe, mir zu erklären, wovon ihr redet.« Olli widmete sich wieder dem Gemüse.

»Ich hab heute jemandem eben diese Frage gestellt, und er ist völlig ausgeflippt. Ist vielleicht auch eine Sache des Temperaments.« Diese Spitze verteilte Marie unbewußt.

»Oder eine Frage der Vorgeschichte.« Oliver weinte jetzt, wegen ein paar Zwiebeln. Er wischte die Tränen weg. »Ißt du mit uns?«

Marie lächelte flüchtig, weil ihr bewußt war, daß Olli nett sein wollte. Aber sie hatte keinen Appetit und verspürte auf einmal das dringende Bedürfnis, ihre Gedanken in Ruhe zu ordnen.

Sie verabschiedete sich und ging, während Silke das Teewasser wieder vom Herd nahm.

Ihr fehlten die Worte. Selbst, wenn es jemanden gegeben hätte, dem sie davon hätte erzählen mögen – wenn sie ihre Scham irgendwie hätte überwinden können – wenn sie sich von ihren Schuldgefühlen nicht hätte abhalten lassen – was hätte sie sagen sollen? Sie konnte im doppelten Sinn nicht darüber sprechen. Sie hatte natürlich schon mitbekommen, woher die Babys kamen, und in diesem Zusammenhang etwas von Liebe, Lust und Zärtlichkeit gehört. Nein, nicht gehört: gelesen. Ihre Mutter war in dieser Hinsicht nicht besonders redselig, so daß sie ihre Informationen größtenteils aus einer Jugendzeitschrift und ihren Büchern bezog. Und sie ahnte, daß das Kribbeln im Bauch, das sie in der Schule beim Anblick der hellen blauen Augen immer bekam, damit etwas zu tun hatte.

Und irgendwie hatte wohl auch das, was dieser Onkel ihr antat, damit zu tun – und auch wieder nicht. Nein, sie konnte nicht darüber reden, mit niemandem. In ihrer Verzweiflung hatte sie sich ein Tagebuch zugelegt, um sich den schlimmsten Schreck von der Seele zu schreiben. Aber auch das erfüllte sie mehr mit Sorge als mit Erleichterung, denn der Gedanke, daß das Buch jemand – vor allem er – finden und lesen könnte, ließ sie kaum ruhig schlafen. Es gab zwar nichts, was sie sich mehr wünschte als das Ende der Aktionen des Onkels. Es gab aber wiederum auch nichts, was sie mehr fürchtete als die Entdekkung.

Denn das hatte er ihr unmißverständlich klargemacht: »Wenn du jemandem davon erzählst, dann schlage ich dich tot.« Er war einen Meter fünfundachtzig groß, er hatte ein Kreuz wie ein Schrank, er war bärenstark, und sie glaubte ihm jedes Wort. Er schlug sie ja sowieso wegen jeder Kleinigkeit, und erst neulich hatte er ihren großen Bruder – der immerhin schon fast erwachsen war – so verprügelt, daß er zusammengekrümmt auf dem Fußboden im Flur gelegen hatte. Nein, sie konnte nicht darüber sprechen.

Überdies fiel ihr auch die Beschreibung dessen, was da passierte, unsagbar schwer. So hatte sie beispielsweise mit grüner Tinte in die orangenfarbene Kladde den Satz geschrieben: »Heute war der Onkel wieder zärtlich zu mir, und es war furchtbar.«

Dieser Satz enthielt für sie alle Schrecken des Erlebten, doch gleichzeitig wußte sie, daß zumindest der erste Teil irgendwie nicht stimmte. Also kam zu der Angst darüber, daß sie es aufschrieb, noch die Gewißheit, daß es gar nicht stimmte, was da stand. Wenn der Onkel behaupten würde, es sei gelogen ...

Er hätte recht.

Es war ausweglos. Ihre Mutter wollte weiterhin nicht von diesem Mann lassen, und niemand schien zu bemerken, was passierte, wenn sie mit ihm allein war.

Denn es war nicht bei jenem ersten Mal geblieben. Mit tödlicher Sicherheit und einer Haltung, als sei es schließlich sein gutes Recht, fiel er regelmäßig über sie her, sobald sie allein in der Wohnung waren. Es war immer das gleiche: Er zerrte sie ins Bad, er schlug sie wegen ihrer Weigerung, sich auszuziehen, er zog ihre Hose und Unterhose herunter, er plazierte sie mit dem Gesicht zur Badewanne, er stellte sich hinter sie, sie mußte sich bücken. Es war immer der gleiche Haß, mit dem er sie schlug, die gleiche Demütigung, wenn er sie auszog, der gleiche Ekel, wenn sie zusehen mußte, wie er sein Sperma ins Waschbecken spritzte, die gleiche Erleichterung, wenn sie endlich weglaufen konnte. Wem hätte sie das erzählen können?

Genausowenig, wie sie darüber sprechen konnte, wollte sie an das denken, was ihr da regelmäßig – einmal? zweimal? dreimal die Woche? – passierte. Sie gab sich sehr viel Mühe, es aus ihrem Gedächtnis zu verbannen: So redete sie sich fortwährend ein, während er sich an ihr verging, daß das alles eigentlich nicht ihr passierte, sondern allerhöchstens ihrem Körper. Während sie sich mit den Händen auf dem Wannenrand abstützte und auf die Fliesen starrte, versuchte sie an etwas anderes, etwas Schönes zu denken, um ihre Qual wenigstens gedanklich hinter sich zu lassen. Sie floh, ganz allein, ohne ihren Körper, um nicht zu spüren, was ihr angetan wurde. Die Erleichterung hinterher nutzte sie, das Geschehene sofort wieder wegzudrängen und zu vergessen, so daß sie nach einiger Übung auf die Frage, wann es denn das letzte Mal geschehen sei, nicht mehr ohne weiteres hätte antworten können.

»Geschehen? Was denn? Ach so. Tja. Gestern? Oder vielleicht doch eher letzte Woche?« Überdies glaubte sie fest daran, daß es nie wieder passieren würde, wenn sie es – nur dieses eine Mal noch – ertragen könnte. Jedes Mal bildete sie sich aufs neue ein, daß dies aber nun wirklich das letzte Mal gewesen sei.

13.

Edith und Frank hatten es sich in der Küche auf dem Sofa gemütlich gemacht. Vor ihnen stand ein kleiner Beistelltisch, darauf ein Stövchen mit der bauchigen blauen Teekanne, die Edith in Dänemark erstanden hatte.

»Hey.« Frank legte den Arm um sie. »Die Recherche für den Fall Soltau und für Marie macht dir aber ganz schön zu schaffen.«

»Ach, mir kommt ab und zu die kalte Wut hoch. Kennst du doch. Ich möchte wirklich mal wissen, was in den Hirnen dieser Typen abgeht, die meinen, kleine Mädchen oder Jungen für ihre Geilheit mißbrauchen zu können. Kinder haben doch Rechte. Wenn ich mir vorstelle, daß Benni oder Laura ...« Edith schluckte. Die Angst um ihre beiden Kinder saß manchmal wie ein dicker breiter Frosch, eher schon wie eine Kröte, in ihrem Hals. Und nicht nur das. An dem ganzen Thema war etwas, das sie ganz tief anrührte. Etwas, das mit scheußlichen Gefühlen gepaart war. Aber Frank war mit seinen Gedanken bereits weiter.

»Dann müssen wir mal einen fragen.« Er setzte sich auf.

»Wie? Wen?« Edith stutzte.

»Na, einen Täter«, entgegnete Frank ungeduldig. »Ich möchte auch mal wissen, was die sich so denken. Was hältst du davon, wenn ich den Schraube um ein Interview bitte? Vielleicht macht er es ja telefonisch.«

Edith schüttelte sich. »Mit dem willst du reden? Igitt! Und außerdem sagt der bestimmt nichts, erst recht nicht am Telefon.«

»Wenn du dich da mal nicht irrst.« Frank konnte sich für seine Idee immer mehr begeistern. »Männer sind doch alle eitel, und wenn ich sag, ich komm vom *Brennglas* und wir wollen beide Seiten hören, kann er es bestimmt nicht lassen.«

»Und wenn er dir nicht traut?«

»Wieso soll er mir nicht trauen? Du kennst doch noch den Jörg aus der Redaktion, der hat dir doch damals die Stange gehalten, als du den Ärger mit dem Artikel hattest. Der spielt bestimmt mit. Dann kann ich dem Schraube seine Durchwahl geben, und er kann sich die offizielle Bestätigung abholen, für wen ich recherchiere.«

Edith nickte. »Das könnte klappen. Mensch, Frank, das wäre ja ein Ding, wenn der mit dir reden würde! Das wäre das Sahnehäubchen auf dem Artikel. Meinst du, die Rolle kannst du durchhalten?«

»Am Telefon bestimmt.« Frank lachte leise in sich hinein. »Du kennst mich doch, Recherche ist mein Ding.«

Gesagt, getan. Jörg in Hamburg war unterrichtet und ganz begeistert von der Idee. Der Umgang seines Magazins mit dem Thema stank ihm schon lange. Außerdem konnte er auf diese Weise einem freien Kollegen unter die Arme greifen.

Am nächsten Nachmittag griff Frank zum Telefon. Aufnahmegerät und leere Kassette standen startbereit neben dem Lautsprecher. Über die Auskunft hatte er die Nummer von Schraube erfahren.

»Ein Neuanschluß«, hatte die Frau am Telefon gemurmelt. Frank grinste. Ja, bei Soltaus war er nicht mehr zu erreichen.

Schon der erste Versuch, Schraube an den Apparat zu bekommen, war ein Erfolg.

»Herr Schraube, hier spricht Dennis Hopstein vom *Brennglas* in Hamburg. Ich sitze an einer Story über Wiebke Soltau ...«

»Da habe ich nichts zu zu sagen«, polterte Schraube am Telefon. »Ihr Journalisten haltet es ja doch immer mit den angeblichen Opfern.«

Bevor Schraube auflegen konnte, setzte Frank mit mehr Autorität in seiner Stimme nach. »Wie Sie meinen, Herr Schraube. Keiner kann Sie zwingen, aber wenn Sie unser Magazin lesen würden, dann wüßten Sie, daß gerade wir bezüglich dieses Themas sehr ausgewogen berichten. Wir haben immer beide Seiten zu Wort kommen lassen und wissen natürlich, daß in einer Unzahl von Fällen die Männer zu Unrecht beschuldigt werden.«

Schraube wurde hellhörig. »Von einem Magazin sind Sie?«

»Ja, wenn Sie wollen, rufen Sie in der Redaktion hier in Hamburg zurück. Mein Chef, Jörg Goldwächter, wird Ihnen gern bestätigen, daß ich an der Story arbeite.«

»Ach, das wird wohl nicht nötig sein.« Schraube dachte an seine Telefonkosten. Ein Anruf nach Hamburg um fünf Uhr nachmittags ... Nee. »Na, ich weiß nicht recht...«

Frank blieb beim autoritären Stil, der schien ja gut anzukommen. »Sie können sicher sein, daß wir Ihre Angaben Wort für Wort wiedergeben und sorgsam damit umgehen.«

Schraube zögerte.

Frank ging aufs Ganze. »Herr Schraube, Sie müssen selbst entscheiden, ob es wichtig ist, daß die Leser auch Ihren Standpunkt erfahren. Aber wenn Sie nicht wollen, berichten wir eben allein aus der Sicht von Wiebke Soltau.«

Das gab den Ausschlag.

»Das kann ich mir schon denken, was diese Schlampe über mich gesagt hat. Warten Sie, ich hol mir gerade ein Bier, dann können wir reden.«

Frank atmete tief durch; die erste Hürde war geschafft. Jetzt bloß nicht aus der Rolle fallen. Er hörte, wie Schraube sich mit gluckernden Geräuschen den Telefonhörer nahm. Erstmal war wohl ein tiefer Zug aus der Flasche notwendig.

»Dann schießen Sie los mit Ihren Fragen.«

»Herr Schraube, uns liegen folgende Aussagen von Wiebke Soltau vor: Sie hätten sie ständig sexuell belästigt und an dem Tag, als es zum Eklat kam, hätten Sie versucht, sie zu vergewaltigen, was Frau Helene Soltau durch ihr Erscheinen gerade noch verhindert hätte. Was sagen Sie dazu?«

Schraube legte los: »Ungeheuerlich! Das war ganz anders. Was heißt das denn, ich hätte sie ständig belästigt? Sie kennen das doch: Heute laufen die Mädchen schon mit zwölf oder dreizehn jedem Mann hinterher. Bei der Soltau war es genauso. Würden Sie denn nicht hingukken, wenn die sich nackt und aufreizend in der Wanne aalt? Vielleicht habe ich auch schon mal den einen oder anderen derben Scherz gemacht, so ist das nun mal auf dem Bau, da arbeite ich nämlich. Ist ja bekannt, daß wir Bauarbeiter nicht zimperlich sind. Aber das ist doch keine Belästigung.«

»Und der Vergewaltigungsversuch?« setzte Frank nach.

»Das muß ich Ihnen genau erzählen. Also: Ich komm an dem Abend nach Hause, also in die Wohnung von der Soltau. Wiebke saß in ihrem Zimmer, und ich habe nur kurz 'n Abend gesagt. Dann habe ich mir die fertigen Brote aus dem Kühlschrank genommen und mich vor den Fernseher gehockt, vielleicht auch ein Bier getrunken. Als der Film zu Ende war, bin ich in das Zimmer, um gute Nacht zu sagen. Da steht sie da in aufreizender Pose vor dem Spiegel und guckt mich so komisch an. Ich wollte sie ins Bett schicken, aber sie warf sich mir an den Hals und knutschte wie verrückt. Na ja, dann sind bei mir wohl die Hormone durchgegangen, ich meine, stellen Sie sich mal so 'ne hübsche Vierzehnjährige mit fast nichts an vor, die sich Ihnen anbietet. War natürlich nicht richtig, aber sie wollte es doch.« Schraube hatte sich in Fahrt geredet und war kaum zu stoppen.

Als er Luft holte, fragte Frank: »Und hat sie nicht nein gesagt ab einem bestimmten Punkt?«

»Ach was, das sagt sie doch nur ihrer Mutter zuliebe.«

»Aber die Mutter meint, Wiebke hätte ein ganz rotes Gesicht vom vielen Weinen gehabt.«

»Hahaha«, prustete Schraube selbstgefällig. »Ein rotes Gesicht hat die wohl gehabt, aber doch nicht vom Weinen.«

Frank hatte das Gefühl, sich übergeben zu müssen. Mit ein paar Worten beendete er das Gespräch und machte sein Fenster auf. Frische Luft, dachte er. Was für ein Arschloch ...

Fassungslos studierten die drei Freundinnen am nächsten Abend in Maries Wohnung die Bandabschrift.

»Mir ging´s genauso«, sagte Edith, als sie in Maries und Silkes blasse Gesichter blickte. »Und Frank war völlig alle nach dem Interview. Der hat kaum schlafen können die Nacht.«

»Hat er gut gemacht«, murmelte Marie. Sie setzte sich aufrecht hin. »Na gut, hoffen wir nur, der Richter oder die Richterin schenkt Schraube keinen Glauben. Sonst ...«

»Was sonst?« Silke tauchte aus ihren Gedanken auf und nahm Marie aufs Korn.

»Ich weiß auch nicht, aber der kann doch nicht schon wieder ungestraft davonkommen ... Egal, wir werden ja sehen. Aber wenn Frank so tapfer war, dann bin ich es jetzt auch. Ich war schon bei Lars, nun kann ich auch noch zu meiner Mutter fahren und hören, was die zu sagen hat. Dann haben wir die Geschichte doch auch richtig rund.«

In Silkes und Ediths Gesichtern spiegelte sich Erstaunen.

»Ich weiß, ich habe sie seit zehn Jahren nicht gesehen. Aber wenn ihr beide und Frank schon so viel in die Recherche investiert habt, dann bin ich jetzt auch noch mal dran – und ich will es auch wissen.«

»Soll ich nicht lieber mitkommen?« Silke hatte ein ungutes Gefühl bei der Sache, aber Marie schüttelte entschlossen den Kopf.

»Nein, das schaffe ich schon allein.«

14.

Marie wußte genau, wann sie ihre Mutter mit Sicherheit erreichen konnte. Freitagnachmittags. Freitagnachmittags, wenn sie – mit einem grellbunten Tuch um den Kopf, den vollschlanken Körper mit dem überdimensionalen Busen in einen Nylonkittel gezwängt – ihren Hausputz hielt. Das tat sie jeden Freitag. Das war schon immer so gewesen; auch das Ableben eines Ehemannes oder ähnliche Katastrophen konnten sie nicht von ihrem wöchentlichen Hausputz abhalten.

Wahrscheinlich würde sie auch noch, wenn sie einmal im Sarg lag, jeden Freitag nachmittag die Krümel zusammenfegen.

»Meine Güte, du?!« Frau Frei hatte nach einem Blick durch den Spion die Wohnungstür geöffnet, füllte den Spalt aber dicke aus. Sie hielt einen Staublappen in der rechten Hand, wischte sich mit dem linken Handrücken den Schweiß von der Stirn und musterte ihre Tochter von oben bis unten. »Was willst du denn hier?«

Immer noch im Treppenhaus, deutete Marie mit dem Kopf in Richtung der anderen Wohnungstüren auf der Etage, und sie antwortete: »Nichts, was deine Nachbarn nicht brennend interessieren würde.«

Die Mutter öffnete die Türe so weit, daß Marie eintreten konnte, und sagte unsicher: »Komm rein. Viel Zeit habe ich aber nicht.«

Marie folgte ihrer Mutter durch den geblümten Flur in ein geblümtes Wohnzimmer, wobei sie über den Staubsauger hinwegsteigen mußte. Aus dem Bad drang schwach der Geruch von Toilettenreiniger und Desinfektionsmittel.

Gertrud Frei bot ihrer Tochter einen Sessel an und fragte: »'ne Tasse Kaffee?«

»Du weißt, daß ich keinen Kaffee trinke.«

»Richtig. Was willst du dann?«

Marie zitterte innerlich, aber nach außen war sie die

Gelassenheit in Person. »Ich will wissen, ob du mitbekommen hast, daß dein Willi mich damals vergewaltigt hat.«

Ihre Mutter wischte mit ihrem Staubtuch über einen imaginären Fleck auf der Platte des schweren Eichentischs. Sie fühlte sich unbehaglich, soweit glaubte Marie sie zu kennen.

»Meine Güte, das ist doch schon so lange her. Ja Gott, ich hab schon mitbekommen, daß da was lief.« Sie sah Marie vorwurfsvoll an. »Sogar die Nachbarn fingen ja schon zu reden an.«

»Daß da was lief?!« Marie wiederholte die Worte ihrer Mutter fassungslos. »Er hat mich vergewaltigt, und du redest davon, als hätte ich was mit deinem Liebhaber angefangen? Das ist doch wohl die Höhe!« Sie sprang auf, außer sich vor Wut. »Du hattest es nicht einmal geschafft, mich aufzuklären, bis dieses Tier bei uns einzog. Da war ich elfeinhalb!« Marie schrie jetzt. »Und du meinst allen Ernstes, es hat mir Spaß gemacht, wenn diesem Wichser bei meinem Anblick die Vorfreude am Bein herunterlief?«

Sie fühlte, wie ihr Tränen in die Augen stiegen, aber sie würde jetzt nicht weinen. Nicht hier. Sie atmete tief ein.

Frau Frei sah ihre Tochter erschrocken an und bat: »Meine Güte, nun schrei doch nicht so. Du machst immer aus allem ein Drama. Meinst du, du wärst die einzige, der sowas passiert ist. Meinst du, dein Opa Fritz hat mich in Ruhe gelassen? So ist das nun mal, wenn Mädchen erwachsen werden, das ist doch normal.« Und, schon wieder trotziger, fügte sie hinzu: »Immerhin hab ich mich von ihm getrennt.«

Maries Wut verflog. Sie war auf einmal sehr müde. Sie wandte sich zur Tür und sagte leise über die Schulter: »Zu spät, Mutter. Zu spät für mich, und zu spät für Lars.«

Bisher war sich Marie nicht darüber im klaren gewesen, aber nach diesem Gespräch würde sie jede Wette eingehen, daß diese Frau auch ihrem Sohn nicht geholfen hatte.

Sie hörte beim Hinausgehen, wie ihre Mutter, eine typische Kandidatin für erhöhten Blutdruck, nach Luft rang.

»Lars? – Marie, wie kannst du denn so etwas sagen? So einer war der Willi doch nicht.«

Marie, die gerade über den Staubsauger steigen wollte, drehte sich noch einmal um. »Nicht drüber zu reden, macht es nicht ungeschehen, Mutter.«

Dann ging sie – diesmal wohl endgültig.

Außerdem gab sie sich große Mühe, es gar nicht erst zu solchen Gelegenheiten kommen zu lassen, die sie hinterher hätte vergessen müssen. Aus diesem Grund bekam das Wetter eine besondere Bedeutung für sie.

Da der Onkel auf dem Bau arbeitete, bedeutete starker Frost oder strömender Regen fast immer Arbeitsausfall. Dann mußte sie darauf achten, daß sie nicht zu spät zur Schule ging oder zu früh nach Hause kam, wenn ihre Mutter noch arbeitete. Sie änderte ihren Stundenplan, bevor sie ihn der Mutter gab, sie lief in eisiger Kälte oder bei Regen in der Stadt herum, sie stand früh auf und ›ging zur Schule‹, während ihre MitschülerInnen wahrscheinlich noch schliefen.

Sie geriet zunehmend unter Druck, weil sie keine Fehler machen und sich nicht verraten wollte. Sie durfte auf keinen Fall den Überblick verlieren und keine Eventualitäten übersehen. Alles, um bloß auf keinen Fall mit ihm allein in der Wohnung zu sein. Und oft waren ihre verzweifelten Bemühungen eben doch erfolglos.

Sie konnte sich abrackern, wie sie wollte: Er fand immer einen Weg, um wenigstens für kurze Zeit mit ihr allein zu sein. Oder – und das empfand sie als besonders bösartige Variante – er provozierte eine Situation, in der das Ungewöhnliche nicht der Vorstoß war, den er machte, um mit ihr allein in der Wohnung zu sein, sondern ihre Ablehnung, die alle Beteiligten unweigerlich zu der Frage führte: »Aber Mädchen, warum denn nicht?«

Auf diese Frage hatte sie noch nie geantwortet.

Einmal beispielsweise hatte er sie vom Spielplatz geholt. Na-

türlich hatte er sie nicht unter direkter Gewaltanwendung dort weggeschleppt. Nein, er hatte das Fenster geöffnet und aus dem dritten Stock nach ihr gerufen. Leider war sein Gebrüll unüberhörbar. Wenn sie krampfhaft nicht hinhörte, gab es immer irgendein Kind oder eine Nachbarin, die sie darauf hinwiesen: »Dein Onkel ruft dich.« So war es auch dieses Mal gewesen.

Sie hatte das Gebrüll so lange wie möglich überhört, doch dann wurden die anderen Kinder unruhig. Also ging sie näher zum Haus, um zu fragen, was er denn wollte. Sie kannte die Antwort im voraus: »Du kommst sofort rauf.« Bier holen, Hausaufgaben machen oder sonstwas; er fand immer einen Vorwand.

Sie sagte nein: »Ich komme nicht.«

Sie war noch keine drei Schritte zum Spielplatz zurückgegangen, als er donnerte: »Du kommst jetzt sofort rauf!«

Sie sah zum Fenster hinauf und schüttelte den Kopf. Ein Blick in sein Gesicht hatte ihr genügt, um zu wissen, daß es nicht um Bier oder Ähnliches ging. Und er sah, daß sie es wußte. Und fühlte sich am längeren Hebel: »Du kommst jetzt rauf! Ich schlag dich windelweich, wenn du nicht sofort herkommst!«

Während sie noch zu ihm hinaufschaute, kamen zwei Nachbarskinder näher: »Geh doch bloß, du kannst doch gleich wiederkommen.«

Als sie den Kopf schüttelte, fragte eine Nachbarin: »Meine Güte, warum denn nicht? Du forderst die Tracht Prügel ja förmlich heraus.«

Das Mädchen blickte sie nur an und ging nach oben.

Er war allein. Sie war mit ihm allein. Es blieb ihr aber nicht viel Zeit, darüber nachzudenken, denn er fing sie bereits an der Tür ab und versetzte ihr eine solche Ohrfeige, daß sie halbblind durch den Flur stolperte. Er holte sie ein, riß ihr die Kleider vom Leib und warf sie auf das französische Bett im Schlafzimmer. Als er begann, sie von oben bis unten abzulecken, begann sie mit ihrem Rückzug. Bei dem, was jetzt folgte, wollte sie lieber nicht dabeisein.

Irgendwann war es vorbei. Irgendwann konnte sie wieder aufstehen. Sie suchte ihre Kleider zusammen, zog sich an, wusch sich im Bad die Tränen vom Gesicht, schloß die Korridortür hinter sich und ging wieder auf den Spielplatz.

»Na, was war denn?« wollte eins der Kinder wissen.

»Och, nichts«, antwortete sie. Er saß eben doch am längeren Hebel.

Die Zeit verging, und der unbeschreibliche Druck, unter dem sie stand, wurde von Tag zu Tag größer. Es war Winter, und das Wetter war auch dementsprechend: Bodenfröste, tagelanger Dauerregen, der erste Schnee. Also war der Onkel sehr viel zu Hause; die Last auf ihren Schultern wurde immer unerträglicher.

Obwohl sie im Winter immer sehr müde war, zwang sie sich jeden Morgen viel zu früh aus den Federn. Sie mußte doch den Wetterbericht hören, sie mußte doch sondieren, wann wer zu Hause war und wann auch sie sich wieder hierher zurücktrauen konnte.

Die Arbeitszeiten der Mutter wechselten wöchentlich. Einmal fing sie morgens sehr früh an, war dafür aber mittags bereits zu Hause, wenn die Schule aus war. In der anderen Woche lag der Arbeitsbeginn später, und es war in dieser Woche immer ungewiß, wann sie nach Hause kam. Mit Lars war sowieso nicht mehr zu rechnen, da er als Lehrling, der er mittlerweile war, mittags gar nicht mehr nach Hause kam.

Also orientierte sie sich an ihrer Mutter. Fuhr diese früh zur Arbeit, ging sie mit ihr gemeinsam los, denn die Zeit zwischen Mutters Aufbruch und der Abfahrt des Schulbusses war viel zu lang, als daß das Mädchen sie allein mit diesem Mann zu Hause verbringen wollte. Hatte die Mutter Spätdienst, konnte sie in Ruhe den Schulbus abwarten. Natürlich hatte sie vorher unauffällig die Ohren gespitzt, ob nicht vielleicht eine Kollegin erkrankt war oder die Mutter aus einem anderen Grund geänderte Arbeitszeiten hatte. Sie mußte jederzeit in der Lage sein, auf solche Veränderungen zu reagieren. Einmal beispielsweise hatte die Kollegin aus der Frühschicht morgens angerufen und die Mutter um Vertretung gebeten. Daß die Tochter nicht sofort nach ihrem Mantel gegriffen und mit ihr die Wohnung verlassen hatte, hatte sie zehn Minuten später bitter bereut. Aber sie war einfach zu müde gewesen.

Seitdem hatte sie morgens immer Angst, noch einmal zu müde zu sein. Mittags war es leichter. Wenn ihre Mutter Spätdienst hatte, ging sie einfach dorthin und wartete auf sie. Natürlich durfte sie aber auch nicht zu früh dort ankommen, damit die Mutter nicht merkte, daß sie ihren Stundenplan ›nachgebessert‹ hatte. Also verbrachte sie diesen Winter sehr viel draußen, in dem schlechten Wetter, das verhinderte, daß der Onkel arbeiten ging. Manchmal wurde sie naß bis auf die Haut, und sie hatte wahnsinnige Angst, krank zu werden und nicht mehr zur Schule zu können, den ganzen Tag mit ihm zu Hause bleiben zu müssen. Im letzten Winter hatte sie zweimal vereiterte Mandeln und Fieber gehabt – das durfte ihr in diesem Jahr auf keinen Fall passieren!

Auch am Wochenende war Vorsicht geboten. Kamen etwa Verwandte zu Besuch, die die Mutter abends nach Hause brachte? Es war egal, ob das Mädchen müde war oder gar keine Lust hatte; sie begleitete sie immer.

Denn da gab es eine Sache, an der sie noch viel weniger Interesse hatte ...

15.

Sie hatten verabredet, daß Edith das Verfahren gegen Wilhelm Schraube weiter verfolgen sollte. Ein alter Studienkollege, der heute als Rechtsanwalt in Ahlen praktizierte und ihr ab und zu mit seinem Rat zur Seite stand, wenn sie bei ihren Recherchen juristischer Nachhilfe bedurfte, hatte ihr versprochen, sich zu melden, sobald der Gerichtstermin anberaumt war.

Als das Telefon klingelte, fand Edith es nicht sofort. Wenn sie unter Termindruck stand, glich ihr Büro meistens einem Trümmerfeld.

»Ja?« keuchte sie in den Hörer, von der Suche ein bißchen außer Atem.

»Hallo, Edith? Hier ist Johannes.«

»Oh, hallo, Jonny! Na, wie geht's Justitia?« Sie ließ sich in den gepolsterten Schreibtischsessel fallen.

Er lachte. »Wenn man dich so reden hört, könnte man meinen, ich sei mit ihr verheiratet. Aber du wolltest doch wissen, wann die Anklage wegen sexueller Nötigung, auf die du mich aufmerksam gemacht hast, verhandelt wird. In gut vier Wochen, am 25. November, ist der Termin angesetzt.«

Edith verspürte einen Stich, den sie sofort wieder vergaß. »Ja richtig«, sagte sie betont fröhlich, »nett von dir. Hat dein Büro eigentlich was mit dem Fall zu tun?«

»Das würde mich meinen Skiurlaub kosten. Was meinst du, was mein Liebling dazu sagen würde?«

»Das kann ich verstehen. Mir wäre ein Skiurlaub auch lieber. Tausend Dank, Jonny, ich lade dich bei Gelegenheit zu einem Bier ein.«

Bevor sie es verschwitzte, wählte Edith Silkes Nummer. Das Muttertier natürlich prompt zu Hause. »Ausgerechnet in der Woche«, stöhnte sie. »Da kann ich Oliver die Kinder nicht aufs Auge drücken. Da hat er eine Fortbildung.«

»Vielleicht könnte sich deine tolle Hausgemeinschaft

zur Abwechslung auch mal einen ganzen Tag deiner Kinder annehmen – ausnahmsweise«, schlug Edith vor, die wußte, daß häufig mindestens ein Kind aus der Nachbarschaft an Silkes Tisch saß, in ihrer Badewanne lag oder an ihren Nerven zerrte.

»Ja klar, das wäre eine Idee«, sagte Silke. »Ich will auf jeden Fall mit. Kommt doch morgens zum Frühstück hier vorbei, dann gondeln wir in unserer Familienkutsche nach Ahlen. Ich sag Marie Bescheid.«

»Gebongt.« Edith legte den Hörer auf und widmete sich wieder ihrem Chaos.

Während der Autofahrt wurde Edith immer stiller und Marie immer aufgeregter.

»Oh Göttin, wenn ich diesen Kerl gleich sehe ...« Sie atmete tief durch und schob ihre Brille hoch auf die Nasenwurzel, um sie gleich darauf ab- und sofort wieder aufzusetzen.

Die beiden anderen Frauen nickten. Silke, die am Steuer saß, widmete ihre Aufmerksamkeit einen Augenblick nicht der Straße und schaute besorgt auf Marie, schluckte dann aber hinunter, was ihr auf der Zunge lag. Sie hatte das Gefühl, daß Maries Herzfrequenz sich in den letzten Minuten verdoppelt hatte. Selten hatte sie die sonst eher beherrschte Freundin so erregt gesehen.

Marie ihrerseits machte sich Sorgen um Edith, die still und blaß im Fond des Wagens saß. Sie drehte sich um und lächelte ihr aufmunternd zu.

Aber auch Silke war nicht in der ausgeglichenen Verfassung, in der sie gern gewesen wäre. Als sie das dritte Mal scharf bremsen mußte, brach Marie das nervöse Schweigen mit einem ansteckenden Kichern.

Nachdem sie auf den Parkplatz gefahren und ausgestiegen waren, atmeten alle drei noch einmal tief durch, dann betraten sie das Gerichtsgebäude.

Die Verhandlung fand im ersten Obergeschoß statt. Sie kamen in den Gerichtssaal: drei Reihen mit Stühlen, der ›Zaun‹, das Richterpult, daneben die Tische für den Staatsanwalt und die Klägerin, für den Rechtsanwalt und den Angeklagten. Die erste Reihe – noch hinter dem Zaun – besetzten heute die Journalisten.

Da sexueller Mißbrauch zur Zeit in der Öffentlichkeit heiß diskutiert wurde, interessierte sich die Presse natürlich für den Fall. Die Zuschauerreihen waren dagegen mager besetzt. Ein paar Jugendliche – ungefähr im Alter des Opfers –, verstreut sitzend ein Mann und sechs Frauen – vielleicht Verwandte oder Frauen aus dem örtlichen Frauenbüro.

»Vorn oder hinten?« wandte sich Edith an Marie.

»Draußen«, antwortet Marie trocken.

Edith schaute sie entgeistert an. Lächelnd nahm Marie Silke und Edith an den Händen und plazierte sich in der letzten Reihe auf den Stuhl, der der Tür am nächsten stand.

»Ist es der Kerl da vorne rechts?« Silke wandte sich an Marie.

Die nickte und tastete nach dem Arm ihrer Freundin. Sie spürte, wie beim Anblick von Schraube eine Panik in ihr hochstieg, die ihr Übelkeit verursachte.

»In der Sache Soltau gegen Schraube bitte eintreten.«

Die Ankündigung des Verhandlungsbeginns war so ziemlich das einzige, was Marie von den Geschehnissen wahrnahm. Gefühle der Angst, der Schuld, der Einsamkeit umfingen sie.

Dieses Leben war anstrengend. Anstrengend, ermüdend und zunehmend unerträglich. Das Mädchen dachte manches Mal, daß sie es nicht mehr ertragen könnte. Sie lag in ihrem Bett und war müde, so unbeschreiblich müde, sie fühlte sich wie zerschlagen, und trotz aller Verdrängungskünste wußte sie, daß sie ein riesiges Problem hatte. Das sie nicht lösen konnte.

Sie mochte immer noch nicht über das reden, was ihr da aufgezwungen wurde. Ihre Mutter bemerkte nichts. Niemand bemerkte etwas. Und ein Ende war nicht absehbar.

Es war ausweglos.

Sie war so müde, so unbeschreiblich müde. Warum konnte nicht einfach alles vorbei sein? Schlafen, nur noch schlafen.

Nicht mehr auf das lauschen müssen, was sich auf der anderen Seite des Vorhangs abspielt. Nicht mehr auf dem Sprung leben müssen. Nicht mehr in Regen und Kälte umherlaufen. Schlafen, nur noch ausruhen. Und nicht mehr mit dem dreckigen Grinsen in diesem Affengesicht konfrontiert werden. Nicht mehr in diesem Körper stecken, der diesen Ärger einbringt. Schlafen, und nie mehr aufwachen müssen.

Ist das der Ausweg? Nie mehr aufwachen, einfach immer weiterschlafen? Meine Ruhe haben, niemand greift nach mir, niemand schlägt mich. Nie mehr aufwachen. Nie mehr Selbstvorwürfe, weil ich wieder nicht aufgepaßt habe. Nie mehr aufpassen müssen. Ganz allein sein. Meine Ruhe haben. Frieden.

Ich kann einfach nicht mehr. Durch die Kälte laufen, weil ich nicht weiß, wohin. Diese Augen ertragen, die mich von oben bis unten anstarren. Diese Hände, die mich schlagen, mir wehtun. Ich bin müde, ich kann nicht mehr so leben, ich will nicht mehr so leben.

Ein Messer aus der Küche. Oder die Schere von meinem Schreibtisch. Ein Schnitt an jedem Arm, und ich muß nie mehr aufstehen. Schlafen.

Sie lag in ihrem Bett und weinte wie noch nie in ihrem Leben. Es war so leicht zu sterben. Aber sie wollte nicht tot sein. Sie wollte schlafen, sicher, und sie wollte sich nicht mehr quälen müssen. Und sie wollte leben, leben und zur Schule gehen und Musik hören und älter werden und zum Gymnasium gehen und studieren – leben.

Sie wollte Ruhe, Frieden, schlafen und leben. Warum ging das nicht? Was mußte sie denn tun, damit das ging?

Dieser Körper! Und wenn sie mit der Schere ... Wenn sie so verstümmelt war, daß er gar kein Interesse mehr an ihr haben konnte. Wäre das nicht die Lösung? Aber jeder würde es merken. Jeder würde sie fragen: »Warum hast du dir das angetan?«

Es gab keinen Ausweg. Sie mußte einfach durchhalten. Irgendwann würde es vorbeisein, das wußte sie genau. Sie mußte einfach so lange durchhalten.

16.

Der Richter hatte etwas von Urteilsverkündung gesagt.

Mühsam sammelte sich Marie, um den Ausführungen zu folgen. Doch das einzige, was sie verstand, war: »Und deshalb wird der Angeklagte zu einem Jahr Freiheitsstrafe verurteilt. Die Strafe wird auf drei Jahre zur Bewährung ausgesetzt.«

Ungläubig schaute Marie auf ihre beiden Freundinnen. Sie schienen ebenso sprachlos zu sein wie sie.

»Das gibt's doch gar nicht«, murmelte Edith.

Silke rief empört: »Schweinerei! Das kommt davon, wenn Männer Richter in solchen Prozessen sind.«

Doch im allgemeinen Aufbruch kümmerte sich niemand um sie. Fassungslos verließen die Frauen das Gerichtsgebäude. Silke schaute sich nach Helene und Wiebke Soltau um und sah die beiden vor dem Gerichtseingang zusammen mit einigen Leuten stehen.

»Wartet mal einen Moment«, bat sie die beiden Freundinnen und lief zum Eingang zurück. Der Pulk um die Soltaus schien sich langsam aufzulösen. Silke erkannte einige JournalistInnen. Sie verlangsamte ihren Lauf und ging auf Mutter und Tochter zu. Frau Soltau war aufgebracht und Wiebke völlig verstört. Helene Soltau entdeckte Silke und stürzte auf sie zu.

»Das ist doch das Hinterletzte. Wir denken, wir können uns durch eine Anzeige schützen und ein bißchen Gerechtigkeit erwirken, und dann kommt er frei – kann einfach nach Hause gehen. Das ist doch alles ein großer Scheiß, der hier abläuft.«

Silke versuchte zu beruhigen: »Frau Soltau, Sie haben völlig recht, aber ich bin doch auf Ihrer Seite. Glauben Sie mir, ich hätte den Kerl auch gern hinter Gittern gesehen.«

Helene Soltau legte den Arm um Wiebke und wirkte mit einem Mal sehr müde. »Und meine Kleine hier, die muß weiter Angst haben, ihm zu begegnen. Da bleibt wohl nur auswandern, was?!«

Resigniert nickte sie Silke zu. Mutter und Tochter gingen langsam Richtung Zentrum.

Silke lief zurück zum Parkplatz, zuckte auf die fragenden Blicke von Marie und Edith nur mit den Achseln. Was sollte sie noch sagen?

Sie stiegen ins Auto und fuhren nach Münster zurück, ohne ein Wort zu wechseln. Lediglich Silke murmelte ab und zu ein paar deftige Flüche vor sich hin.

Nachdem sie den Wagen bei Silkes Familie abgeliefert hatten, fuhren sie mit dem Bus zu ihrer Stammkneipe ins Kreuzviertel. Glücklicherweise konnte man hier schon nachmittags gemütlich sitzen, denn die Freundinnen fühlten sich alle reif für mindestens ein großes Bier.

Silke brach das Schweigen mit einem erneuten Fluchen: »So ein Schwein!«

»Meinst du den Richter oder Willi Schraube?« wollte Marie wissen.

Edith wandte sich an sie: »Könnte es nicht sein, daß die Bestrafung härter würde oder die Bewährung wegfiele, wenn du das Schwein auch anzeigen würdest?«

Marie verzog ihr Gesicht: »Bißchen zynisch die Frage, nach dieser Verhandlung, oder? Ja ja, ich weiß, war nicht so gemeint«, kam sie Ediths Protest zuvor. »Aber erstens wär's zu spät – das Ganze ist mittlerweile verjährt – und zweitens glaub ich nicht, daß das irgendwie helfen würde. Aber sagt doch mal kurz was zur Verhandlung, ich hab dem ganzen nicht so folgen können.«

»Es war eine einzige Farce. Und du kannst mir glauben, den Artikel, den schreibe ich entsprechend«, machte sich Silke Luft.

»Da sitzt die Wiebke und muß ihre ganze Leidensgeschichte vor versammelter Mannschaft ausbreiten und sich dann auch noch von dem Verteidiger penetrante Fragen gefallen lassen!« Völlig fassungslos rupfte Edith ihren Bierdeckel auseinander.

»Das Ganze lief darauf hinaus, daß Schraube sich provoziert fühlte, so wie er es Frank ja schon erzählt hatte. Und aufgrund des festen Wohnsitzes und seines Arbeitsplatzes gab's eben nur Bewährung«, fuhr Silke fort.

»Das Unglaublichste überhaupt war dieser dämliche Richter. Man sah ihm deutlich an, daß er der Geschichte des Mädchens überhaupt keinen Glauben schenkte. Die Version von Schraube kam seinen eigenen Gelüsten wohl näher.«

»Bewährung!« Marie lachte bitter. »Der zerstört ein Leben und kriegt seine Strafe auf Bewährung. Das muß man sich mal auf der Zunge zergehen lassen. Wie hat Wiebke das Urteil denn aufgenommen?«

Silke schüttelte den Kopf. »Ich konnte gar nicht mit ihr sprechen. Sie schien völlig am Boden zerstört. Ihrer Mutter ging es genauso – zum Schluß sagte sie was von auswandern.«

»Kann ich gut verstehen«, murmelte Marie. »Mit dem Typen weiter in der gleichen Stadt wohnen, mannomann ...«

Nachdenklich schwiegen die drei Frauen und tranken große Züge aus den Biergläsern.

Nach einer Weile wandte sich Silke an Marie: »Wie hättest du denn geurteilt?«

Maries Augen begannen zu glänzen: »Ehrliche Antwort? Hm. In solchen Momenten – aber nur in solchen Momenten – bedaure ich manchmal, daß wir keine feministisch orientierte islamische ›Rechtssprechung‹ haben. Ich hätte ihm zum Beispiel die Hände abgehackt, und den elften Finger dazu.«

Die Freundinnen schüttelten sich vor Lachen. Der Bann war gebrochen, und den Phantasien waren keine Grenzen mehr gesetzt. Nachdem sie sich eine Weile ausgetobt und ihren Frust einigermaßen verarbeitet hatten, gab Silke der Geschichte eine andere Wendung.

»Laßt uns doch mal ganz ernsthaft überlegen. Der Kerl hat dir und anderen so viel angetan, und wir sind doch zu dritt. Wenn die Justiz nicht funktioniert, muß es eben anders gehen.«

»Willst du ihn etwa kastrieren?« Marie konnte sich von dieser Vorstellung gar nicht losreißen.

»Ach was«, sagte Silke. »Oder kennst du eine Ärztin, die wir für eine solche Operation gewinnen könnten?

Aber was würde so einem Typen denn wohl richtig Angst machen?«

»Kastration.« Maries Augen leuchteten.

»Reicht denn nicht vielleicht auch schon die Androhung einer Kastration, um den mal so richtig klein zu haben?« überlegte Silke.

Die beiden anderen Frauen sahen sich an. Der Vorstellung, den Typen heulend vor Angst vor sich zu haben, konnten sie einiges abgewinnen.

»Aber wie kommen wir an ihn ran?« fragte Silke.

»Och«, sagte Marie, »'ner schönen Frau war der doch noch nie abgeneigt. Und wenn du dein Glitzerhöschen mit der entsprechenden Bluse anziehst ...«

Edith und Marie starrten auf Silke.

»Na klar«, sagte Silke. »Was Schöneres kann ich mir gar nicht vorstellen.« Die Idee schien sie nicht zu begeistern.

»Aber stell es dir doch mal vor«, versuchte Marie Silke zu überzeugen. »Wenn der seine Lebensgewohnheiten beibehalten hat, geht er regelmäßig in seine Stammkneipe. Wahrscheinlich wird er auch heute abend dort seinen Triumph feiern.«

Das Gespräch hatte jeden spaßigen Unterton verloren. Den Freundinnen war klar, daß es hier eine reale Möglichkeit gab, sich das Schwein mal richtig vorzunehmen.

»Laß uns das Szenario doch mal durchspielen«, beharrte Marie. »Es ist Samstag abend. Du gehst in die Kneipe und machst dich an den Typen ran. Du kriegst ihn dazu, sich zu dir ins Auto zu setzen. Ja, aber dann?« Hilfesuchend schaute sie auf Silke.

»Na ja«, sagte die. »Ich könnte mit ihm zum Baggersee fahren, und ihr erwartet uns dort. Und weiter?«

»Dann durchläuft er so langsam alle Stadien von Kastrationsängsten, die Männer halt so haben können«, freute sich Marie.

Lange noch diskutierten die beiden Freundinnen diesen Plan hin und her. Daß Edith sich an ihrem Gespräch kaum beteiligte und früh nach Hause fuhr, bekamen sie nur halb mit.

Als Silke und Marie um zwei Uhr aus der Kneipe rausgeschmissen wurden, stand ihr Entschluß fest. Sie würden Willi Schraube winseln lassen.

Die nächste Zeit war mit Vorbereitungen ausgefüllt. Ohne Hast und ganz nach Plan verlegten die Freundinnen abendliche Kneipenbesuche nach Ahlen, um vor Ort die Lage zu sondieren.

Ausgerechnet Edith, die die meisten Bedenken gegen das Unternehmen geäußert und sich nur widerwillig zur Teilnahme entschlossen hatte, kam schließlich kurz nach Neujahr mit der Erfolgsmeldung zurück: »Es ist *Peters Eck*, im Ahlener Süden.«

Edith berichtete, wie sie mehr aus Zufall mit Jonny während eines Kneipenbummels zwischen den Feiertagen in dieser Gaststätte gelandet war und zu ihrem Schreck Schraube an der Theke entdeckt hatte.

»Das hast du gut gemacht, prima!«

Silke und Marie hockten mal wieder in Maries Küche, als sich Edith auf einen Stuhl warf.

»Ich mußte mein Bier stehen lassen, nachdem ich ihn gesehen habe.« Sie schluckte. »So einen Kerl anschauen und gleichzeitig was trinken ...« Sie schüttelte sich. »Der Magen hat sich mir umgedreht.«

Marie und Silke sahen sie mitfühlend an.

»Hier, guck mal«, sagte Silke und zog sich das Haarknäuel über den Kopf, das auf dem Küchentisch gelegen hatte.

»Wie findest du mich als glutäugige Schwarzhaarige?«

Nachdem sie ihr langes blondes Haar vollständig unter der Perücke versteckt hatte, ließ Edith ein verblüfftes Pfeifen hören. »Wenn du dich jetzt noch schminkst, erkennt man dich überhaupt nicht.«

»Eben.« Marie stand auf und holte ihre Schminkutensilien aus dem Bad.

»Perfekt.« Edith, die das letzte Mal vor Silkes Hochzeit Mascara benutzt hatte, stand bewundernd vor Silke.

Marie ging hinaus und kam mit einem ihrer älteren Brillenmodelle in der Hand zurück. »Hier, probier mal.«

»Ich sehe nichts.«

»Aber sie steht dir gut. Ich werde Fensterglas einsetzen lassen. Hinter dem Gestell kannst du dich prima verstekken.«

Bei einer heißen Schokolade gingen sie noch einmal ihren Plan durch.

»Seid ihr wirklich sicher, daß wir das machen wollen?« Edith nahm einen letzten Anlauf, die Freundinnen von ihrem Vorhaben abzubringen. »Was ist, wenn der Typ ausrastet und gar keine Angst bekommt?«

»Ach«, meinte Silke. »Das ist doch für mich kein Problem. Den lege ich ganz schnell aufs Kreuz, wenn er uns querkommt.«

Edith schüttelte den Kopf. »Ich weiß nicht ... Auf jeden Fall trete ich dem nicht unbewaffnet gegenüber. Mein langes Küchenmesser oder so etwas Ähnliches kommt mit.«

Die Freundinnen sahen sich an.

»Er soll Angst bekommen, nicht wir«, sagte Silke und stand auf. »Im Zweifelsfall müssen wir uns verteidigen können.« Sie schlüpfte in ihren Mantel. »Aber, Edith, du mußt nicht mitkommen, das haben wir dir doch gesagt.«

Edith starrte auf Maries Kühlschrank. »Ich weiß«, sagte sie leise. Dann straffte sie sich. »Nein, ich komme auf jeden Fall mit. Zu dritt sind wir ihm ganz bestimmt überlegen.«

»Ich muß Oliver erlösen. Am Samstag?« Silke blickte fragend in die Runde.

»Am Samstag«, tönte es zweistimmig zurück.

Es wurde Frühling, es wurde Sommer. Es wurde warm, sehr warm. Das Mädchen nutzte die Tage zum Baden und Schwimmen, so oft sie konnte. Nur so ließ sich die Hitze einigermaßen ertragen. Ihr war wieder ein bißchen leichter ums Herz geworden: Das Wetter war schön, und der Onkel mußte arbeiten, arbeiten, arbeiten. Herrlich!

Doch ihm war natürlich auch sehr warm. In Erinnerung an gute alte Zeiten, die er als Bademeister verbracht hatte, hielt er sich gerne im Schwimmbad auf. Das feiste Gesicht rot vor Hitze, den von der Arbeit sonnenverbrannten Oberkörper frei und den übermäßig vorquellenden Bauch über einer ziemlich knapp sitzenden weißen kurzen Hose – so schlurfte er über die Wege, schaute den Frauen auf ihre Busen, grinste anzüglich und grölte von Zeit zu Zeit quer über das Gelände, wenn er einen Bekannten sah. Schwimmen konnte er tatsächlich auch, und es grenzte jedes Mal an ein Wunder, daß der bullige Körper nicht in dem gechlorten Naß auf Nimmerwiedersehen versank.

Das Mädchen fand diese Auftritte blamabel. Aufgrund seines Zeitmangels kam es jedoch nur selten dazu, daß sie sich im Schwimmbad trafen.

Einmal jedoch fuhren sie sogar gemeinsam hin. Es war an diesem Wochenende schon morgens knallig heiß gewesen, und er hatte vorgeschlagen, mit seinem Auto in ein Freibad vor der Stadt zu fahren. Es wollte niemand sonst mit, und es schien ein harmloser Vorschlag zu sein, als die Mutter meinte: »Fahr doch mit.« In kindlicher Vorfreude auf den Ausflug stieg sie zu ihm in das große Auto, das er sich mittlerweile angeschafft hatte, und war ein bißchen stolz darauf, daß sie vorne sitzen durfte.

Ihre Freude verschwand, als er unterwegs von der Landstraße auf einen Waldweg abbog. Das war nicht der Weg zum Schwimmbad!

Sie versuchte, das aufkommende Entsetzen zu unterdrücken, aber es gelang ihr nicht. Wieso hatte sie diese Möglichkeit nicht in Betracht gezogen?

Er fuhr in den Wald hinein. An einer dicht bewachsenen Stelle stoppte er das Auto, stellte den Motor ab. Er drehte ihren Sitz hinunter, wuchtete seinen Körper auf den Beifahrersitz. Er zog ihr die Bikinihose aus, während sie sich zurückzog und verschwand.

Sie lag regungslos auf dem Rücken und starrte durch das Fenster in das dichte grüne Blätterdach. Sie lag regungslos auf dem Rücken und sah sich in der Spiegelung der Fensterscheibe liegen, mit weit aufgerissenen Augen, wie tot. Sie zwang sich, aus dem Fenster zu sehen. Gewalt und Grausamkeit zum Trotz schien die Sonne weiter. Die Vögel hörten nicht auf zu singen, und der Himmel blieb weiterhin tiefblau. Dichtes grünes Blätterdach.

Er wischte zwischen ihren Beinen das Blut ab. Sie spürte nichts.

Er sagte: »Los, zieh dich wieder an«, was sie mechanisch tat. Er fuhr das Auto rückwärts aus dem Wald hinaus und zum Schwimmbad.

Sie sprang ins kalte Wasser, das die Reste des getrockneten Bluts unter ihrem Badeanzug fortspülte. Sie spürte das Wasser nicht.

Auf dem Rückweg versuchte er sie aufzuheitern, fuhr mit ihr zu einer Eisdiele. Sie mußte ein Eis essen, Vanilleeis mit Bananen garniert, ihr Lieblingseis. Es schmeckte ihr nicht.

Sie würde alles vergessen und nie wieder schwimmen gehen.

Den Eislöffel aber behielt sie.

17.

Es war Samstag abend. Ein kalter Abend im Januar. Willi Schraube hatte gerade die Heizung etwas höher gedreht. Normalerweise kam er mit achtzehn Grad aus, aber heute war ihm nach wohliger Wärme. Er hatte bis elf geschlafen, dann seine Einkäufe erledigt und den langen Samstag genutzt, um sich ein paar neue Klamotten zu kaufen.

Heute abend wollte er groß ausgehen. Schon ewig hatte er keine Frau mehr gehabt, und langsam wurde es Zeit. Diese Geschichte mit der blöden Soltau und ihrer zickigen Tochter hatte ihn vorsichtig werden lassen. Zwischendurch war er zwar ein paarmal beim Münsteraner Autostrich am Industrieweg gewesen, aber jetzt wollte er die Sache wieder ernsthafter angehen.

Die Bude, die er sich vor einigen Monaten im Ahlener Süden möglichst weit weg von der Soltauschen Wirtschaft gemietet hatte, ging ihm langsam auf die Nerven. Ein ordentlicher Haushalt mit einer Frau mußte wieder her. Er wußte, wenn er sich ernsthaft Mühe gab, konnte er immer noch bei den Frauen landen. Und heute war sein Glückstag – das war klar.

Gestern erst hatte der Chef ihm eine ordentliche Prämie zum Ende des Monats versprochen. Er hatte in den letzten Wochen aber auch echt reingeklotzt – ein paar der Kollegen hatten schon gemault. Aber das bekam er wieder hin – einige Runden zum Feierabend bogen das scheele Geschwätz gerade.

Heute würde er sich so richtig was gönnen. Erst zum Henner in die Kneipe, dann vielleicht ins Café Rose, wo jeden Samstagabend der ›Ball der einsamen Herzen‹ gegeben wurde, mit Kapelle und allem Gedöns. In einem ähnlichen Lokal hatte er auch damals die Frei kennengelernt. Aber die war zum Schluß auch so zickig gewesen.

Vergnügt vor sich hinpfeifend, begann er mit seinen Vorbereitungen. Als erstes breitete er seine neue, beigefarbene Hose, das braune Hemd und die schnieke braunbeige-karierte Jacke auf dem Bett aus. Dazu suchte er passende Socken und eine frische Unterhose. Mit einem Lappen polierte er seine schwarzen Schuhe. So weit – so gut.

Inzwischen hatte sich die Badewanne mit heißem Wasser gefüllt, und er gab reichlich Badeschaum zu. Hmm, roch gut und war billig gewesen. Sonderangebot im Kaufhaus, in dem er die Hose gekauft hatte. Genüßlich glitt er in das heiße Wasser, öffnete das Bier, das er sich bereitgestellt hatte, und nahm einen langen Zug aus der Flasche.

Nachdem er die Flasche in kleinen Schlucken geleert hatte, schrubbte er sich gründlich ab, schabte sich die Stoppeln vom Kinn und sparte zum Schluß nicht mit Rasierwasser. Viel Sorgfalt verwendete er auf seine Frisur. Er hatte immer noch volles Haar. Das gefiel den Frauen. Ein paar kleine Stellen an den Schläfen, die langsam kahl wurden, verdeckte er geschickt. Mit sich rundum zufrieden, zog er sich an. Nach einem Blick aus dem Fenster entschied er sich für eine dunkelrote Wollweste zum Hemd.

Er schaute auf die Uhr und schaltete den Fernseher ein, um sich die Tagesschau anzugucken. Schließlich wollte er mitreden, wenn heute bei Henner wieder politisiert wurde. Mit sichtbarem Behagen biß er in seine Leberwurstschnitte und öffnete sich eine weitere Flasche Bier.

Pünktlich, wie fast jeden Samstag, betrat er um zwanzig nach acht Henners Kneipe, die aus irgendeinem Grund *Peters Eck* hieß – obwohl die Wirtschaft weder an einer Ecke lag noch einen Wirt namens Peter hatte. Drinnen wurde Schraube mit lautem Hallo begrüßt, Pfeifen und Aahs und Oohs. Es war noch nicht viel los, aber die Stammgäste waren schon fast alle versammelt – Männer, die entweder keine Familie hatten oder es am Samstagabends nicht bei ihr aushielten.

»Mensch, Willi, hast dich ja mächtig in Schale geschmissen. Hast wohl heute noch was vor?«

Henner zwinkerte ihm zu, während er für seinen Stammgast gleich einen halben Liter zapfte.

Wilhelm Schraube hob beschwichtigend die Hände. »Jungs, nun beruhigt euch mal. Der Mensch lebt ja nicht vom Bier allein, oder?«

Mit einer anzüglichen Geste unterstrich er seine Worte, so daß die Männer am Tresen schon wieder laut grölten. Sie mochten den Willi, der mit seinen Witzen und Zoten schon manchen Samstag gerettet hatte.

Kaum hatte Schraube seinen Platz eingenommen, öffnete sich erneut die Tür, und eine junge Frau trat ein. Den Männern fielen fast die Augen aus dem Kopf. Erstens kamen hier sowieso selten jüngere Frauen hin, und zweitens war diese auch noch ausgesprochen hübsch. Höchstens Anfang Dreißig, sportlich elegant, mit enganliegender Hose und locker fallendem Webpelz gekleidet, stand sie in der Tür und putzte ihre beschlagene Brille. Dann sah sie sich um und nahm zielsicher am Tresen Platz. Allerdings ließ sie einigen Abstand zwischen sich und den Männern.

»Mensch, Willi«, raunte Schraubes Nachbar, »das ist bestimmt 'ne Edelnutte.«

»Quatsch«, antwortete Schraube leise. »Das ist keine Nutte, die riech ich auf hundert Meter. Vielleicht 'ne Strohwitwe, die mal etwas Abwechslung sucht.«

Silke bestellte sich ein kleines Alt und sah sich gründlich um. Ihr war nicht wohl in ihrer Haut, aber sie wollte die Rolle bis zum Ende spielen. Schraube saß ihr schräg gegenüber, so daß sie ihn gut im Blick hatte. Edith und Marie waren inzwischen bestimmt schon am Baggersee. Hoffentlich klappte alles so, wie sie es besprochen hatten.

Die Männer hatten sich inzwischen wieder gefangen, und einer hatte den Mut, sie anzusprechen: »Na, junge Frau, was treibt Sie denn zu uns? Hat der Freund Sie versetzt?«

»Sehe ich aus wie eine, die man versetzt?« konterte Silke gewollt lustig. »Ich wollte mal sehen, was ihr hier so zu bieten habt. Ist doch mal was anderes als die Jüngelchen in der Disco.«

Großes Hallo der Männer war die Reaktion.

»Darauf kannst du wetten«, prahlte Willi, »mit uns

fährst du allemal besser.« Das Eis war gebrochen. Die Männer glaubten zu wissen, woran sie waren. Eine junge Frau, die sich ein bißchen vergnügen wollte. Der Abend fing ja vielversprechend an.

Silke fixierte Schraube: »Ach ja, wie meinst du denn das?« und schaute ihn herausfordernd an.

Schraube sah seine Chance und verwarf seine Pläne für heute abend. So ´n junges Ding kam ihm nicht alle Tage unter die Augen.

Gemächlich nahm er sein Glas, setzte sich neben Silke und fragte: »Soll ich dir das wirklich hier vor allen Leuten erklären?«

Silke überlegte. Es war noch ein bißchen zu früh. Wahrscheinlich waren Marie und Edith noch nicht bereit. »Willst du dich nicht erst mal vorstellen, bevor du hier so große Töne spuckst?« antwortete sie, eine Spur frecher.

Die anderen Männer lachten, wenn auch neidisch auf ihren Saufkumpanen. Der hatte es wirklich raus.

»Da hast du's, Willi«, rief einer. »Das ist eine Dame, die will erst den Namen wissen, bevor sie dich läßt.«

Schraube blickte seinen Kumpan unwillig an, weil der gleich so direkt wurde. Aber der Frau schien das nichts auszumachen. Im Gegenteil, sie lachte laut und legte ihm die Hand aufs Knie. Die ging ja ran! Na, ihm konnte es recht sein.

Nach der gegenseitigen Vorstellung mit Brüderschafttrinken und einem weiteren Bier, zu dem Schraube zwei Klare kippte, flüsterte Silke Schraube ins Ohr: »Ich weiß einen wunderschönen Platz für uns zwei Hübsche. Hast du Lust? Mein Auto steht vor der Tür.«

Schraube jubelte innerlich – er hatte ja gewußt, daß heute sein Glückstag war. Grinsend nickte er Silke zu und bezahlte die Zeche. Begleitet von den lautstarken Anspielungen der anderen half Wilhelm Schraube seiner neuen Eroberung in den Mantel.

Draußen auf dem Bürgersteig befreite sich Silke aus Schraubes Umarmung. Der Typ wurde schon ganz schön zudringlich. Unter dem Vorwand, den Autoschlüssel zu suchen, kramte sie gründlich in ihrer Handtasche.

»Ihr Frauen und Schlüssel.« Schraube lachte: »Immer auf der Suche.«

»Stimmt«, Silke stupste ihn in die Seite. »Aber ich hab ihn gefunden. Komm und steig ein.«

Nachdem Silke das Auto gestartet hatte, fragte Schraube: »Sag mal, wo ist denn dieser schöne Platz, zu dem du mich hinfahren willst?« und legte die Hand besitzergreifend auf Silkes Bein.

»Hey, paß auf, daß du dir nicht die Finger verbrennst«, kokettierte Silke und schob die Hand beiseite. »Wenn du jetzt schon anfängst, fahr ich vor 'n Baum. Übrigens, der Platz ist eine Überraschung. Aber lach nicht über mich, ich bin romantisch veranlagt. Die Fahrt dauert höchstens zehn Minuten.«

Schraube lehnte sich gemütlich zurück. Er hatte einen ganz schönen Schwips, gut, daß er nicht fahren mußte. Ihm war es egal, wo sie hinfuhren. Hauptsache, es dauerte nicht mehr allzu lang. Er würde es ihr zeigen, wozu ein Mann in seinem Alter noch fähig war. Die heutige Nacht würde sie nicht so schnell vergessen. Kratzend fuhr er mit der Hand zwischen seine Beine und gab sich seinen Phantasien hin.

Silke fuhr so konzentriert und so schnell wie möglich. Sie war froh, daß Schraube nicht weiter zudringlich wurde. Hoffentlich waren sie bald da. In Gedanken grinste sie: Der würde Augen machen. Seine Träume würden wie Seifenblasen zerplatzen.

Endlich waren sie am Baggersee angelangt. Silke steuerte den Wagen, wie mit Marie und Edith abgesprochen, direkt zum Ufer und gab das Lichtzeichen.

Schraube schaute sich erstaunt um. »Hier?« fragte er ungläubig, seine Zunge bewegte sich schwer.

»Ich hab dir doch gesagt, daß ich romantisch bin. Komm, steig mal mit aus.«

Silke öffnete die Fahrertür und wand sich geschickt aus seinen Händen, die sie zurückziehen wollten.

Schraube kletterte mühsam hinter ihr her und lallte: »Hey, wo willst du denn hin? Bleib doch hier. Jetzt wollen wir ein bißchen Spaß haben.«

Inzwischen war er ausgestiegen und sah sich suchend um. Träumte er? Irritiert wischte er sich über die Augen. Soviel hatte er nun wirklich nicht getrunken, daß er schon doppelt sah.

Im Scheinwerferlicht des Wagens standen auf einmal drei Frauen, die ihn spöttisch anblickten.

»Aha«, wandte er sich an Silke, die ihm am nächsten stand, und ging mit zwei Schritten in den Halbkreis, den die Frauen gebildet hatten.

»Auf einen flotten Vierer bist du scharf. Ganz nach euren Wünschen, der alte Schraube hat 'ne Menge drauf. Her mit den Muttern.«

Irritierter und immer nüchterner werdend, schaute er sich um. Die Frauen schwiegen.

Die eine kannte er doch. Vollends ernüchtert fixierte Schraube Marie: »Dich kenn ich doch ...« Er zögerte. »Na klar. Du bist das kleine Luder von der Frei. Was ...«

Marie schrie auf: »Du blödes Schwein, jetzt kriegst du wieder, was du mir angetan hast!« und hob drohend das lange Messer, das sie aus der Küche mitgenommen hatte.

Die drei verteilten sich um Schraube und hielten gut einen halben Meter Abstand.

»Dich machen wir fertig«, drohte Silke und wies auf Edith, die die Gartenaxt erhoben hatte. »Du steckst deinen Pimmel nirgendwo mehr rein.«

Schraube hatte nun endgültig begriffen. Was so schön angefangen hatte, zerplatzte mit einem lauten Knall. Er wurde wütend und stampfte auf Silke zu. »Ihr miesen Huren ...«

Ehe er weiterreden konnte, griff Silke ihn an und warf ihn mit einem Hüftwurf auf den Sand. Die riesige Körpermasse prallte hart auf den Boden. Bevor Schraube sich erholen konnte, sicherten Marie und Silke je eine Schulter.

Marie setzte ihm ihr Messer an die Kehle und drohte: »Wehe, du rührst dich ...«

Edith versuchte, seine Hose herunterzuziehen.

Schraube schwante, was ihm blühen sollte. Mit einer gewaltigen Kraftanstrengung fegte er Marie beiseite und setzte sich auf. Marie rappelte sich neben ihm hoch, da griff er nach ihrem Bein.

»Dich hab ich schon mal gefickt, und dir besorg ich's heute auch wieder. Das ist doch das einzige, was du willst. Und deine Freundinnen kriegen auch noch ihren Teil ab. Von euch kommt keine zu kurz.«

Schraube war in Fahrt gekommen und versuchte, Marie zu Fall zu bringen. »Dir stopf ich deine Fotze, daß dir ... aah.« Schreiend hob er seine Hand.

Marie hatte mit aller Kraft zugestoßen. Schraube kam mühsam hoch und schrie, tobend vor Schmerz: »Das werdet ihr mir büßen, ihr Nutten. Euch krieg ich.«

Mit dem unverletzten Arm griff er nach Edith, die wie gelähmt vor Schreck neben ihm stand. Sie erwachte gerade noch rechtzeitig aus ihrer Starre, um seinem Griff ausweichen zu können. Schraube hatte viel Schwung in die Bewegung gelegt und torkelte mit dem Oberkörper zurück, als er sie nicht zu fassen bekam. Edith schlug blind vor Angst zu. Auf einmal hörte sie einen unmenschlichen Schrei. Schraube kniete vor ihr im Sand und hielt sich den Unterleib. Seine Augen zeigten schmerzliches Erstaunen und grauenhafte Angst. Endlich war er dort, wo sie ihn hatten haben wollen.

Ediths Panik verwandelte sich in rasende Wut. Das war er ... Er hatte ihr das angetan ... Er war im Dunkeln zu ihr gekommen ... Zu einem kleinen Mädchen, das sich nicht wehren konnte ... Wieder spürte sie den Mund voller widerlicher Flocken ... Sie schlug zu, schlug zu, schlug zu ... Tränen liefen ihr über die Wangen, und ein Schluchzen schüttelte sie, als sie endlich innehielt, von Silke festgehalten.

»Edith.« Die Frauenstimme holte sie in die Gegenwart zurück. Marie kam auf sie zu und nahm ihr die Waffe aus der Hand.

»Laß gut sein.«

Silke und Marie schauten sich an. So war das nicht geplant gewesen.

18.

Westfälische Zeitung, 13.01.:

Grausiger Fund am Baggersee

Einen grausigen Fund machte am Sonntag vormittag ein Spaziergänger, der am Ahlener Baggersee seinen Hund ausführte. Während der üblichen Morgenrunde gebärdete sich der Hund plötzlich wie toll und begann, heftig zu buddeln. Zunächst dachte der Mann sich nichts dabei, bis das Tier mit einer menschlichen Hand in der Schnauze auf ihn zulief. Nach einem kurzen Blick in das freigelegte Loch alarmierte der Hundehalter sofort die Polizei, die sich bisher allerdings noch nicht näher äußern wollte. Fest steht, daß der Hund eine männliche Leiche entdeckt hat, die am Südufer des Baggersees verscharrt worden ist und höchstwahrscheinlich Opfer einer Gewalttat wurde.

Epilog

Marie wischte sich die Tränen aus den Augen und blickte sich verwundert um. Es wurde bereits dunkel. Nun hatte sie tatsächlich die ganze Zeit mit ihrem Tagebuch am Schreibtisch verbracht. Aber es war auch zu schön gewesen. Wer weiß, vielleicht ...

Sie griff zum Telefon. »Hi, Edith, hat Benni dir von meinem Anruf erzählt?«

»Du hast angerufen? ...«